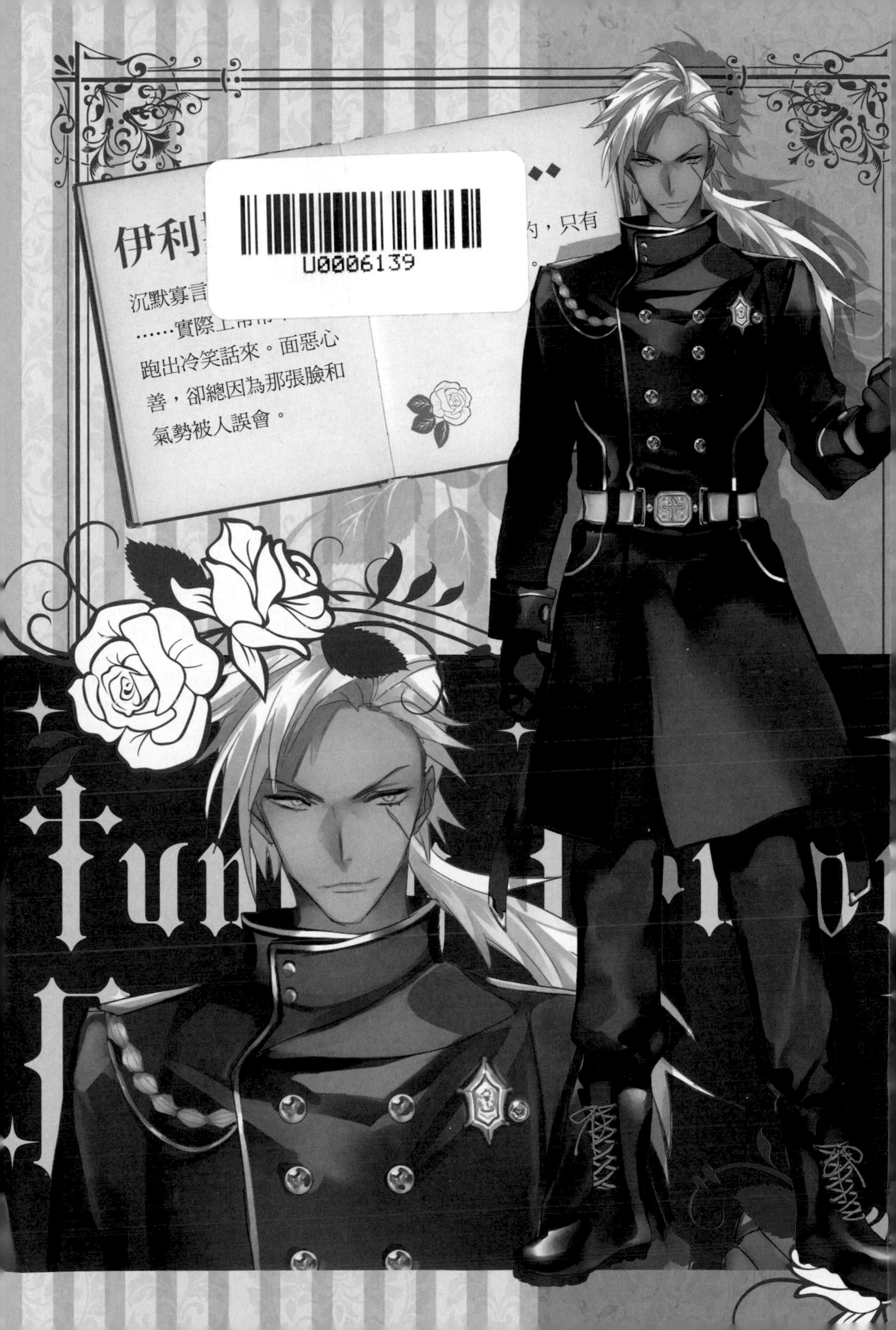
伊利
的，只有
沉默寡言
……實際上常常
跑出冷笑話來。面惡心
善，卻總因為那張臉和
氣勢被人誤會。
U0006139

宮成茜
個性直來直往，脾氣倔強
卻很有意志力。常因說話
太直而得罪人，不過本性
仍是善良，尤其對小動物
很有愛心（但本人不自覺
也不承認）。
做事堅持到底，吐槽功力
十足，果斷且從不遮掩，
愛恨分明也很敢表達。

月森

優雅的貴公子，眼神中總帶有一絲憂鬱氣息。雖然不太愛與人交際，有種距離感，唯獨對宮成茜相當溫柔，用屬於自己的方式保護與寵溺著宮成茜。

是宮成茜小時候的青梅竹馬兼暗戀崇拜的鄰居大哥哥。當年因為一場意外離世，讓當時的宮城茜難以接受，不知為何死後墮入地獄、徘徊於冥河彼岸。

姚崇淵
傲嬌，容易炸毛但其實很謹慎細心，聰明。牛奶控，常常手不離一杯鈣質強化的牛奶（為了長高）。
聽到矮字或任何有嫌棄他不高嫌疑的，都會加倍奉還回去。報復心很強大且對金錢錙銖必較。

GOBOOKS
& SITAK
GROUP©

GOBOOKS & SITAK GROUP©

三日月書版

三日月書版

輕世代
FW222
Author 帝柳 Artist 愁音
惡魔調教
Project
2

on Project

Tuning Dem

目錄 Contents

第一章

惡魔雙生子的戰爭

Tuning Demon Project

劍拔弩張，兩道對立的人影……嚴格來說是兩名惡魔的身影，正持續拉長對峙的時間。

在別西卜創造出來的異次元空間內，主權皆掌握在別西卜手中，阿斯莫德是為了尊嚴而戰，宮成茜則是面臨史上最危急貞操危機。

此刻的阿斯莫德，酒紅色長捲髮，挑染一點點的白色髮絲在風中獵獵飛舞，頭上長有兩根黑色的捲羊角，在怒氣勃然下彷彿隨時都會朝別西卜頂去，貫穿對方的身軀。

戴著單邊眼鏡的阿斯莫德，此時就像是一頭被觸到逆鱗的紅龍！

宮成茜嚥下一口水，阿斯莫德背對著她、壓低嗓音鄭重地道：

「這是我和別西卜之間的戰爭，宮成茜妳別插手。」

「呃，我本來就沒要插手的意思……」

宮成茜一邊回應，一邊心想一個是地獄四天王之一，另一個則號稱是地獄的第二把交椅，她宮成茜是誰啊？

斗膽插手戰鬥的結果應該是橫死在地獄吧！

啊，話說回來地獄本就是死人住的地方……

宮成茜搖了搖頭，現在她不該在想這些有的沒的，她該思考的只有怎麼讓自己活著出去——還要帶著完好無缺的貞操出去！

不知現在的月森哥和姚崇淵情況怎樣……不過，不曉得別西卜的實力如何，就算那兩人在也不一定能幫上忙，搞不好還會因而受傷。

月森哥為此受傷的話，她可是會心疼……姚崇淵就算了，可是那傢伙是個靈魂出竅來到地獄的活人，她宮成茜可沒有害死人的惡趣味。

宮成茜的思緒仍像奔騰野馬跑個不停時，阿斯莫德揮動早已拿在手中的武器「龍之逆鱗」——一把長槍，槍身上刻有火焰與龍紋，唯有駕御龍之人才有辦法拿起的強大武器！

「吾弟，在開打前，兄長再給你一個忠告吧！」

別西卜見阿斯莫德將長槍鋒利的矛頭對向自己，嘴角挑起一抹笑，依然是那般從容不迫得讓人厭惡。

「別西卜，省下你的口舌之利，別浪費時間。」

阿斯莫德冷冷地瞪了對方一眼，口中吐出的字字寒澈。

「好吧，既然吾弟都這麼說了，我也得拿出武器和你一較高下……以及爭奪躲在你背後那名姑娘的所有權了。」

別西卜又是一笑。

「實在不懂，為何總是要把主意動到我身上啊？」

宮成茜眉頭一皺，不悅地質問。

就算自己是地獄裡唯一活人女性，就算她是另類的唐三藏好了，可不可以讓她偶爾也享個清靜，不要一直遇到這種事！

阿斯莫德沒有回應，二話不說就催動龍之逆鱗的能量，放出驚人的紅色烈焰！

「龍之吐息，將眼前之人徹底燒灼毀滅吧！」

長槍裡放出的火焰形成龍捲風，發出有如巨龍的吼叫，威懾八方地將火流噴向別西卜！

宮成茜被這威力驚人的第一波攻擊所懾住，顯然這傢伙完全沒在對自己胞兄手下留情！

這對兄弟之間的感情比想像還差！

面對阿斯莫德不留情的攻擊，別西卜不慌不忙地取出他的武器——一把偌大的鐵扇擋住迎面而來駭人火流。

輕而易舉，彷彿不費吹灰之力，別西卜擋下了阿斯莫德的強力一擊！

別西卜嘴角微挑道：「如何？許久不見我的『暴食』……是否懷念呢？」

阿斯莫德冷哼一聲，宮成茜則定睛觀察拿在別西卜手中名為暴食的大鐵扇。從外觀來看，就是一把漆成金色、似乎為黃金打造的大扇子，扇柄刻畫著一些宮成茜看不懂的符號與文字。

那應該是地獄裡的文字，直覺告訴宮成茜最好別看懂，不然只會徒增對別西卜的畏懼。

「我都讓你這個胞弟先出手，現在該換我回敬了。」

別西卜輕輕搧動手中的黃金鐵扇：「暴食，吞噬一切吧！」

一陣黑風從鐵扇中奔騰而出，瞬間變出一張猶如野獸的臉孔，張牙舞爪朝阿斯莫德襲來！

「阿斯莫德，小心！」

眼看攻擊將至，宮成茜緊張地驚呼，阿斯莫德立即一閃，黑風卻像有導航系統般，緊追著阿斯莫德掉頭來襲。

阿斯莫德冷哼一聲：「真是煩人的招式，就跟你一樣呢，別西卜。」

他揮舞手中的龍之逆鱗，長槍頂端噴射出一道炫目的緋紅螺旋火流，頓時將黑風燒得一乾二淨。

宮成茜雙手摀著嘴巴，訝然地看著這對惡魔兄弟之間的戰鬥，直到現在她才領悟到一件事——這對兄弟正是在為她而戰啊！

兩名各有特色、俊美無雙的惡魔雙胞胎竟為自己而打架……沒有什麼比這種幻想在眼前實現進行中更震撼！

不對！

現在不是想這個的時候吧，宮成茜！

「我該想想辦法才行……不能只讓阿斯莫德一人戰鬥……不管怎麼說，這場戰鬥都是因我而起！」

雖然起初抱持著絕對不要蹚渾水的念頭，但看著這對兄弟打得難分軒輊、不分上下，她不禁開始著急了，倘若繼續這樣下去，他們要如何離開這個由別西卜創造的空間？

龍之逆鱗與暴食的交戰、長槍對上鐵扇的戰鬥，隨著時間流逝過去，宮成茜見阿斯莫德與別西卜打得難分難解，武器交錯碰觸之際，刺眼的火光頻頻閃現。

比起過去宮成茜見過或參與過的戰鬥，以往根本是小巫見大巫，和兩大惡魔交手的景象相較之下根本不算什麼！

阿斯莫德不斷發射紅亮的龍之火焰襲捲對手，別西卜也不遑多讓，用貪婪又狂暴的黑色旋風撲滅、吞沒火勢……宮成茜隨著觀戰下來發現，其實這對兄弟的武學顯然就是互相牽制，尤其這對阿斯莫德而言更為不利，使得交戰以來阿斯莫德遲遲無法突破現況、占據上風。

況且，不知是否她觀察有誤……阿斯莫德的體力狀況好像逐漸在走下坡？

就在這時，阿斯莫德一個閃神，右臉頰被暴食發射出來黑色旋風擦過，劃出一道深紅色的傷口！

「阿斯莫德！你還好嗎？」

宮成茜趕緊上前，擔心地問。

她第一次知道原來惡魔也會流血，血的濃稠度和人類差不多，只有顏色深上許多。同時，這也是她頭一回看到阿斯莫德受傷的畫面！

別西卜停下攻擊，聳了聳肩，笑著對阿斯莫德道：「唉呀，吾弟真是享福呢，能讓宮姑娘如此為你著急，看得兄長我羨慕不已啊。」

阿斯莫德冷眼道：「別西卜，你有空逞口舌之快，不如趁現在將我打垮——雖然我絕不會讓你得逞，我以龍之馴服者的名義向你保證。」

別西卜又是一笑：「呵呵……龍之馴服者？吾弟，還真敢將這稱號拿出來壓人呢。你別忘了，你的那條龍當初可是路西法配給我的……是你無恥地從我身邊搶走了牠！」

提到龍，別西卜眼神頓時變得凌厲，不過他很快又穩定了情緒。

「不過我們之間也算扯平——你搶我的龍，我搶你的女人……很快地，將搶走你第二個女人。當然，我指的是在你身旁不斷用小鹿眼神擔憂地望著你的宮姑娘。」

「什、什麼小鹿眼神！」宮成茜紅著臉辯解。

阿斯莫德一把握緊她的手，透著肅殺之氣的雙眼惡狠狠地瞪著別西卜。

「你，有本事就再搶一次。這一回，我絕不會讓你再碰她一根寒毛！」

宮成茜被阿斯莫德抓得有些疼，可是同時感受到對方那份強烈的決意。

她不曉得阿斯莫德和別西卜之間過去發生了什麼事，但聽起來似乎很不妙，特別是對阿斯莫德而言，自己的女人被搶走，怎麼都不可能原諒對方吧？

別西卜笑了笑，輕藐道：「吾弟，看來你還沒察覺一件事。」

「哼，你又想說些什麼？」

阿斯莫德眉頭一皺，口氣更是如針般刺人。

「力量——你不覺得自己在與我對決的時候，心有餘力而不足嗎？」

聽他這麼一說，阿斯莫德不禁有些動搖。

別西卜接續說：「吾弟，我一直非常關心你，就連你將一部分的力量分給宮姑娘這件事……我全都知情。」

宮成茜訝異地倒抽一口氣。

「你的意思是，阿斯莫德將力量分給了我，所以才會……」

對啊，她怎麼現在才想到！自己身上擁有的魔力，都是阿斯莫德給予的，也難怪他會在對上別西卜時一直處於劣勢！

宮成茜忽然站出來，不再躲在阿斯莫德的身後，神色堅定地亮出「破壞F4紅外線」，將法杖的一端指向別西卜。

「既然如此，那就由我來補足阿斯莫德的不足吧！」

不只是身旁的阿斯莫德一臉訝然，宮成茜所指向的對手別西卜，一樣意外地注視著這名來自人世的女性。

別西卜微啟雙唇，嘴角微微揚起一個弧度。

有趣。

真是太有趣——

竟有人世的女子敢持武器反抗自己……這還是他別西卜縱橫地獄千年以來，頭一次遇到的情況。

這個名叫宮成茜的女子，若能讓她從張牙舞爪的貓咪，變成只順服自己一人的兔子，不知會是何等愉悅之事。哪怕不擇手段，他都要把宮成茜納為己有！

當初，從杞靈那女人口中聽到宮成茜時，還只有一點點的興趣……如今可大不相同了。

宮成茜啊宮成茜，妳真是個需要親眼見到的寶藏，唯有親自挖掘，才能看見妳蘊含的美！

別西卜格格笑出聲，笑聲裡夾帶著一股亢奮。他舔了舔上唇：「宮姑娘，妳這股可笑愚蠢的幹勁與勇氣，倒是討在下歡心了。比起吾弟的上一個女人，妳更是有趣呀。」

阿斯莫德眉頭深鎖，一手揮開要挺身而戰的宮成茜。

「妳別胡來，這傢伙不是妳加入就能應付的！就算妳擁有我一部分的力量，以妳那零基礎的戰鬥經驗與技巧，也無法全然發揮！」

「就算無法全然發揮又如何？我宮成茜一言既出，駟馬難追！況且沒試試看怎麼知道？」

宮成茜不是傻子，當然曉得阿斯莫德是為了保護她，但她就是那種義無反顧的瘋子，既然已經下定決心，就一定要貫徹到底！

這麼多年來的創作之路，跌宕吃苦無數次不就是這樣撐過來的！

況且，眼前的情形就是阿斯莫德難以打贏別西卜……最壞的結果不也是她要被別西卜奪走嗎？

嚴格來說，她只是為自己而戰罷了！

「宮成茜，妳怎麼說不聽——」

不等阿斯莫德把話說完，宮成茜率先發動死光執行，用行動展現她的決心！

「妳這不聽話的小惡魔！」

眼看宮成茜發動攻擊，阿斯莫德只得跟上，火紅色的龍之吐息朝別西卜發出！

別西卜冷哼一聲，面對死光與龍之火焰的夾擊，他用力地搧動手裡的巨大鐵扇高喊：「暴食，雙倍吞噬！」

剎那，原先只有一道黑色旋風的回擊變成兩倍，一口吞下熾白的死光與紅色龍炎。在貪得無厭的暴食黑色旋風底下，是龍之火燒不滅、死光穿透不了的情況！

面對如此不利的局面，宮成茜不死心再度連續發出死光。發射死光需要消耗自身精力，連續幾擊下來，她累得氣喘吁吁、汗水直流，可她不放棄，要耗就耗到最後一刻才甘心！

阿斯莫德見宮成茜如此奮鬥不放棄，身為這場戰鬥主事者之一的他、賦予宮成茜這份力量的他，怎能放棄？

說什麼也要和別西卜奮戰到底！

二對一的戰局持續下去，別西卜確實開始有了怠倦之態，宮成茜和阿斯莫德知曉，或許是他們的合擊奏效了。

只是別西卜的魔力依然驚人，彷彿還未見底，反觀宮成茜這邊，身經百戰的地獄四天王阿斯莫德雖然有些疲態，但還勉強能與別西卜纏鬥下去。

宮成茜就沒這麼好了。

本就缺乏戰鬥經驗，握筆桿子出身的她，雖然墮入地獄一路走來多少有了親身戰鬥的經歷，然而當對手是號稱地獄第二把交椅的別西卜時，她的能耐遠遠還不夠。

這也造成阿斯莫德起初最大的擔憂——

宮成茜的進擊雖能消耗別西卜的體力，相對地也在耗費宮成茜自身體力，宮成茜越是疲弱，阿斯莫德就得花更多精神去保護她。

換做是以前的自己，還沒遇到那個「她」前，肯定將惡魔的本色發揮得徹底……不顧對方死活只要自己沒事就夠了。

可是如今的阿斯莫德，無法放任如此努力不懈的宮成茜不管。

他要守住宮成茜。

他還要收到宮成茜的稿子、看著宮成茜完成地獄之行，然後等到那天再親手將宮成茜帶回人世。

絕對、絕對不會讓別西卜的髒手玷汙宮成茜！

阿斯莫德在心底默默宣誓。

一旁的宮成茜還未查覺到阿斯莫德心境上的變化，沒有通天本領的她或許一生都不知曉，可她至少很清楚自己正在做什麼，以及在堅持什麼！

只是這越來越不妙的戰局，也使宮成茜漸漸失去耐心與樂觀心態，她不禁喃喃自語：「可惡，這樣的僵局究竟要持續到何時……」

別西卜笑笑地道：「宮姑娘，妳想離開這裡隨時都可以，只要妳願意從吾弟身邊走向在下。」

宮成茜還未回應，阿斯莫德就搶在前頭大聲回：「宮成茜，妳別做傻事！」

宮成茜沉默地看著眼前的別西卜，臉色一沉。

別西卜暫停攻擊，伸出手邀約道：「來吧，宮姑娘，來到在下的身邊才是明智之舉。」

「喂，宮成茜，妳不會那樣認為吧？」

與別西卜交手以來，阿斯莫德臉上首次顯現出倉惶，他看著宮成茜的側臉，心底興起了一股不祥預感。

宮成茜凝視前方，不發一語……朝別西卜邁進一步。

「宮成茜！」

見到宮成茜往別西卜的方向前進，阿斯莫德忍不住緊張一喊。

「呵呵……很好，就是這樣，宮姑娘果然是識時務的聰明人。來吧，過來在下的身邊……在下會比我那可悲的胞弟更疼惜妳、滿足妳。」

別西卜這麼說的同時，宮成茜的步伐繼續向前踏進，一旁的阿斯莫德只能看得臉色漲紅、緊咬牙根，此刻的他處於相當尷尬狀態，既無法出招攻擊又不能退縮……他只得眼睜睜看著宮成茜的身影離自己越來越遠。

宮成茜面無表情地前進，彷彿將阿斯莫德的喊話全都隔絕在外，另一方面的別西卜越笑越燦爛，期待將佳人擁入懷裡的剎那。

宮成茜朝別西卜越走越近，就在她伸出手想搭上別西卜的手之際，嘴角忽然挑起一笑。

「……死光執行！」

宮成茜出奇不意地往別西卜發射白色死光！

出乎意外的攻擊，即便是別西卜也措手不及，閃避慢了一步，當下被死光直接命中！

「得手了！」

宮成茜高興地彈指一聲。她原先一直在忍耐，靠近別西卜就是要在最靠近對方時發動死光攻擊！

因為她的偷襲，死光這回終於貫穿別西卜的右手臂，鑿出一個血洞。

阿斯莫德見機不可失，趕緊追加一份龍之吐息，挾帶火燄熊熊燃燒聲的大火撲向別西卜！

死光、龍之吐息接連襲來，碰撞出的火光與黑煙團團包住別西卜的身影，徹底遮蓋住他的一切。

宮成茜向追到身邊的阿斯莫德問道：「我們成功了嗎？」

這回，換阿斯莫德沉默不語。

宮成茜心中的疑慮隨著時間拉長而攀高，過了一會，當前方環繞在別西卜身邊的黑煙散去，她看到了難以置信的一幕。

「怎麼會……完好無傷？」

她明明就看見自己的死光打穿了別西卜右手臂，怎會現在看來像是什麼也沒發生一樣？

宮成茜詫異的同時，阿斯莫德這才打破了沉默：「別西卜……具有強大的復原能力，光靠我們這樣是打不倒他的。」

他將手放到宮成茜的頭上，溫柔地摸了摸。

「妳已經做得很好了，雖然是小聰明，但不得不說妳很有勇氣跟膽識。」

宮成茜嘟起嘴，揮開阿斯莫德的手，別過頭道：「別把我當小孩子……可惡，這個別西卜怎麼如此難纏！」

「呵呵，好一齣溫情戲碼……沒想到，宮姑娘比想像中還要讓人更想征服到手哪。」

「別西卜你這大變態，我不會讓你得逞的！」

話是這麼說，宮成茜還真想不到什麼不讓對方得逞的法子……只要被困在這個由別西卜創造的空間中、只要她和阿斯莫德沒有辦法逃離此處，面對強大又有復原能力的別西卜，她還真是黔驢技窮了！

別西卜拍了拍身上的髒汙，一手扠腰，一手拿著巨大鐵扇朝自己扇風，絲毫不把眼前的兩人當回事。

「好了，別浪費體力做困獸之鬥了。不管是吾弟還是宮姑娘，在下對你們的胡鬧已經快失去耐性……再這樣下去，在下可是要拿出真本事了哦？」

別西卜刻意地壓低嗓音接續道：「一旦我拿出真本事……宮姑娘，妳可不一定還能像現在這樣完好無缺呀。」

宮成茜嚥下一口口水，腦海裡浮現無數種缺手缺腳、血腥殘忍的獵奇畫面……不要，她絕對不要變成那樣子！

可是，她也不願就這樣屈就這個該死的別西卜啊！

宮成茜咬了咬下唇，喃喃自語：「到底該怎麼辦才好……」

就在近乎束手無策之際，宮成茜身旁的阿斯莫德抬起頭來，看向這個異度空間的頂端。

宮成茜不明白阿斯莫德為何這麼做，忍不住抱怨：「喂，阿斯莫德，我們都快完蛋了，你怎還有閒情逸致看著天花板！」

「妳口中的『天花板』……可能藏有讓我們不完蛋的希望哦。」

「什麼意思？」

宮成茜愣愣地反問。

「不，不可能，這怎麼會……」別西卜同樣抬起頭來看著頂端。

下一秒，宮成茜眼睜睜看著異度空間頂端出現一條裂縫！

噗滋噗滋……

彷彿有什麼東西正在剝落的聲音，頂端的裂縫漸漸加大，就在這時，黑色的縫隙中伸出一隻手！

「哇啊！」

天上突然探出一隻手，感覺就像在看恐怖片一樣，宮成茜忍不住叫了出來！

驚魂還未定，宮成茜就見那隻手的主人接著探出頭來……以及一道耳熟的聲音。

「真是的，這個裂縫不能再撐大一點嗎？我都快鑽不過去了！」

第二道聲音緊接傳來：「連如此嬌小的你都鑽不過去，那這裂縫肯定是真的很小。」

原先第一道聲音不甘地回：「喂，月森你別欺人太甚！不想想看是誰把你帶來這裡拯救你家學妹！」

宮成茜愣愣地望著從裂縫裡努力冒出身子的兩道人影。

「月森哥、姚崇淵！」

宮成茜頭一次知道見到這兩人會這麼開心。月森哥就算了，想不到她現在連看到姚崇淵都很開心……算了，這肯定是吊橋理論的緣故！

「唷，難得妳叫了我的名字，看來以後要多把妳關在這種地方。」姚崇淵從縫隙裡探出頭，笑笑地對著宮成茜道。

「你想得美啦！既然來了還不快想辦法幫我們逃出去？」

宮成茜故意表現出沒好氣的模樣，但嘴角仍頻頻上揚。

「茜，妳等著，我這就來救妳！」

一聽到宮成茜的求救，月森馬上回話。

反觀別西卜一臉皮笑肉不笑的神情道：「宮姑娘，妳真是擁有敢為妳拚死的伙伴呢……或者該說是妳的男人嗎？不過這都不打緊，在下不會讓你們得逞的。」

「哈，話可不是你這蒼蠅王說了算！」姚崇淵又回過頭對著月森道：「月森，照我之前說的計畫執行！」

「雖然很不想聽令於你，但為了茜，我會做到的。」

「哼，區區一個亡魂與一個半吊子天師，能從我別西卜手中帶走我要的人嗎！」別西卜揚手揮扇。

阿斯莫德見狀，立刻衝到別西卜跟前，直接用手中的龍之逆鱗與之對撞。

「別西卜，我不會讓你壞了他們的好事……也該讓你嘗嘗，眼睜睜看著自己想要的東西從指間溜走是什麼滋味。」

「阿斯莫德！你！」

「吾兄，原來你也有生氣的時候呀？這表情還真不錯。」

阿斯莫德嘴角挑起一笑。他也說不上為什麼，就是相信宮成茜帶來的那兩人會將這一切落幕！

同一時間，月森亮出那把無時無刻不散發冷澈寒意的西洋劍。

「冰河彼端，為我們鋪展冰之道路吧！」

剎那，從頂端裂縫處迅速延伸而下一道由結冰體打造的斜坡，連接到宮成茜跟前。

「茜，快上來！」

「不用月森哥說我也知道！」

宮成茜立刻爬上去，只是結冰的道路滑不溜丟，她才攀上去就快滑落。

在上方的姚崇淵伸出手，對著宮成茜喊：「抓住我的手，我拉妳上來！」

宮成茜趕緊伸出手，就在姚崇淵使力之下，這才一鼓作氣將宮成茜拉入裂縫之中。

雖然與月森和姚崇淵重逢十分高興，宮成茜仍擔心底下與別西卜對峙的阿斯莫德，忍不住道：「長毛短腿臘腸，你能將阿斯莫德也救上來嗎？」

「馬上就改口啦……真是現實的女人……」姚崇淵嘆了口氣，接著道：「關於妳的要求，我恐怕沒辦法做到。」

「為什麼沒辦法？只是多拉一個人上來而已啊！」宮成茜焦急地反問。

「首先，阿斯莫德那傢伙不是人，而是惡魔。其次，我製造的空間有容量限制，現在已經超載，無法再裝下任何一個人了。」

「怎麼會……」她低頭看向仍在戰鬥中的阿斯莫德，「我怎能丟下那傢伙？」

阿斯莫德似乎聽到宮成茜的話，一邊與別西卜交戰一邊大聲回應：「別管我了，這種無法拋下伙伴的正直情感，可不適用在我這名惡魔身上吶！宮成茜，妳快點拋下我逃走吧，這才是地獄的風格！」

「阿斯莫德……我……」

「沒聽到那傢伙怎麼說嗎？宮成茜，沒時間猶豫了，再不走的話，就是我們所有人都被關在這個異度空間裡！」

宮成茜咬著下唇，還在做最後的掙扎。

這時連後頭的月森也開口：「茜，不能再拖下去了，阿斯莫德是地獄四天王之一，我們要相信他的實力！」

宮成茜幾乎要將下唇咬出血來，她最後皺緊眉頭，強迫自己扭過頭去不再多看阿斯莫德一眼，什麼話也說不出來，所有的情緒和字句都卡在喉頭之中。

姚崇淵見狀，立刻將縫隙的洞關閉，施展術法！

眼前被乍現的白光籠罩、什麼都看不清，宮成茜的心裡卻依然刻印著一道身影……那是，留在現場沒有跟他們離去的阿斯莫德。

第二章

天師的桃色反擊

Tuning Demon Project

魂不守舍，是此刻形容宮成茜最適切的詞。

打從被姚崇淵和月森救回後，她心神不寧的模樣旁人都看得出來，情緒全明顯地寫在臉上。至於宮成茜本人，也絲毫不遮掩這種狀態，像這樣的情形已經維持了一天。

一天了。

阿斯莫德失去音訊已經一天。

通常，阿斯莫德都會固定時間來找她收稿子……過去，這樣的催稿實在讓她有些壓力，可是現在，她竟會懷念與想要那樣的情況重現。

從沒想過自己竟會為了阿斯莫德……一個將自己打入地獄的惡魔如此失神，但這不能怪她，因為她很明白自己的命是那傢伙救來的。

如果沒有他，沒有阿斯莫德堅持下去，甚至不惜自己留守在原地只為讓她逃走……如今的宮成茜會變成什麼樣子，她不敢想像也不願知道。

不知道現在阿斯莫德怎麼樣了？

別西卜那混帳不知最後有沒有被打敗？

太多問題，宮成茜想知道卻沒能得知……她只能像目前這樣呆坐在房裡，拄著筆，想著要寫稿卻遲遲沒有落筆。

叩叩。

清脆的敲門聲響起。

「宮成茜，是我。」

宮成茜一聽是姚崇淵，便讓對方進來。

一進門，姚崇淵就見宮成茜一手托腮，神情惆悵地坐在書桌前，桌上則擺著一張空白的稿紙。

「這樣憂鬱的模樣還真不像妳啊，宮成茜。」

「女人總有憂鬱的時候，比如生理期。」

宮成茜沒有回過頭來看向進門的姚崇淵。

姚崇淵眉頭一皺，道：「妳想說，妳的生理期就是阿斯莫德嗎？」

自從姚崇淵使用傳送結界將宮成茜一行人送回原本世界——嚴格來說也不算是什麼世界，只是從別西卜創造的異度空間回到地獄第四層罷了。

這一切都要回溯到宮成茜被別西卜擄走時。

別西卜強行帶走宮成茜後，姚崇淵與月森趕緊離開原先被困之地，透過月森在地獄裡的熟人緊急通知阿斯莫德。

阿斯莫德得知宮成茜在別西卜手中，二話不說便即刻起身去找人。姚崇淵與月森本想一同跟上，卻被制止，阿斯莫德當時將交給姚崇淵一個錦囊，要他在有需要時再打開。

面對別西卜，他一人去就好。

姚崇淵雖覺納悶，卻也和月森達成共識，決定讓阿斯莫德一人前往。

阿斯莫德出發許久後，遲遲等不到消息的姚崇淵和月森著急了，姚崇淵便想起阿斯莫德在出發前給的錦囊，立刻打開一看。

錦囊中寫著，關於如何破解異度空間魔法的方法。

月森一時間還看不出個所以然，天師出身且精通各種陰陽術法的姚崇淵，馬上就看出端倪與暗藏的訊息！

「月森，宮成茜那女人現在需要我們去解救她了！」

姚崇淵此話一出，月森雖還有些搞不清楚狀況，但向來宮成茜至上本命的他，什麼話也沒問就趕緊跟著姚崇淵前去。

照著錦囊上所寫的方法，透過姚崇淵的施法，一個類似傳送門功用的結界便出現在兩人面前。

為了打破別西卜創出的空間，姚崇淵可是費了九牛二虎之力。別西卜所創出的空間相當穩固，若不是有阿斯莫德的法子，姚崇淵大概也沒信心可以救出宮成茜。

不過，他姚崇淵也非普通的天師，打破別西卜結界，可說是他和阿斯莫德聯手之作。

好不容易將宮成茜帶回來，在姚崇淵眼中的宮成茜卻因擔憂阿斯莫德而滿面愁容，他看了真是有股說不上來的忿忿不平。

這股情緒醞釀了一天，在見到宮成茜的這一刻更加沸騰，他再也不願壓抑，走上前毫不客氣地用力拍了宮成茜面前的桌子。

「宮成茜，我知道妳擔心阿斯莫德，但他好歹是地獄四天王之一，何況他和別西卜處不好也不是第一天的事，之前沒死在別西卜手裡，我想這次也不會！」

姚崇淵又道：「比起這個，我真是快被妳氣炸了，本天師可是費了多大的精力氣才救妳回來，連一聲謝謝都沒就算了，還要看妳的臭臉到什麼時候？」

現在他們居住在地獄第四層的旅店內，住宿的費用由月森代墊。

地獄第四層是一個廣大的丘陵地，他們正住在由看守入口的魔鬼，白髮老魔普魯托所開設的背包客旅店中。

普魯托是地獄之主的忠實粉絲，一聽到宮成茜是奉路西法之命來寫地獄遊記輕小說的作家，便立即將他們免費升等入住總統套房。

雖然背包客旅店畢竟是背包客旅店，再豪華也比不上色欲圈歌舞伎町的五星級酒店，不過對姚崇淵來說已經是額外幸運。

當時宮成茜還說，這個普魯托老闆，真不愧是在《神曲》裡不斷喃喃重複「你顯現出來，撒旦，在你的光輝之中」的路西法瘋狂信徒。

儘管遇到這種小確幸，也沒有讓宮成茜的心情有起色，姚崇淵實在受夠她一整天烏雲籠罩的狀態。

「……謝謝。那麼，這樣夠了嗎？」

沉默了許久，宮成茜才淡漠地回了姚崇淵這麼一句。

姚崇淵更火大了，他一把抓起宮成茜的手，嚴厲地質問：「妳這是在謝我的意思嗎？怎麼看都像在惹惱我吧！」

宮成茜沒有回應，直直地盯著怒火中燒的姚崇淵，過了好一會才開口：「那麼，姚天師能否告訴我阿斯莫德的現況？我……想知道他是否安好。」

「想知道？很抱歉，我沒辦法給你答案！但是，我能辦得到的事還有很多──」

姚崇淵取出一張符咒，符咒冒出火來瞬間燒掉，緊接聽聞姚崇淵迅速地念了一段咒語。

宮成茜不解地問：「你到底在幹嘛？」

姚崇淵嘴角挑起一抹壞笑。

「待會妳就知道了……妳會後悔惹惱本天師的。」

宮成茜一點也不以為意，正想轉過頭無視對方之際，她的身體忽然不聽使喚，無法動彈！

她努力試著動作，然而身體依然不為所動，這才意識到這是姚崇淵所為。

宮成茜回頭瞪他：「你這個長毛短腿臘腸狗，好大的膽子竟敢這樣對我？快給我解除法術！」

「妳現在能逞強的也只有那張嘴了，宮成茜。我說過，妳會後悔惹惱本天師……不過現在還不是妳該害怕的時候。」

姚崇淵走向門前，俐落地將房門上鎖。

宮成茜心中的警鈴大響，不妙的直覺如暴風般迅速擴散！

「你…你想做什麼？」

宮成茜緊張地盯著面露壞笑的姚崇淵，從他略微稚氣的俊美容顏上，隱約看到不妙的前景。

姚崇淵走近，稍稍彎下身子，雙手扠腰，笑笑地對著宮成茜道：「我想做什麼？妳現在完全任我擺布，我想做什麼，妳還管得著嗎？」

宮成茜眉頭深鎖，「我警告你，要是你膽敢對我做什麼……我之後絕對加倍奉還！」

「加倍奉還？呵，本天師可不吃妳這套。」

姚崇淵不客氣地抓起宮成茜的右手，目光落在她白皙的手腕上，「這隻手，還真適合烙印我的符咒。」

宮成茜還來不及理解對方的意思，姚崇淵二話不說，狠狠地朝她手腕內側咬上一口！

「痛！姚崇淵你有毛病啊，幹嘛突然咬我？」宮成茜生氣大喊。

姚崇淵這一口咬得不算小力，被咬之處紅通通的，好像快破皮滲出血來。

「嘿，某人平時不是都愛喊我臘腸狗嗎？我咬妳這麼一口，不過是剛好而已。」

「你不要放棄治療好嗎！」

宮成茜的身體無法做出任何反應，不然她真想抽出手狠狠痛揍對方一拳。

「如果……如果真這麼簡單就好了。如果我咬下的齒痕，能夠化做咒語，控制妳的身心……那就好了。」

宮成茜沒心思聽他說些什麼，皺起眉頭道：「你到底在胡說八道什麼，姚崇淵？快點解除法術放開我。」

姚崇淵接著朝方才被他咬紅的部位，伸出緋舌輕輕一舔……宮成茜頓覺搔癢難耐。同時，她也對姚崇淵的動作感到更加不解，咬了她一口又舔了她一下……這到底在演哪一齣？

姚崇淵將另一手摸上宮成茜的臉龐，眼簾低垂地細聲呢喃：「如果能簡簡單單地控制妳的身體、妳的心思，我一定會省力許多。我把妳救回來，妳卻只心心念念著阿斯莫德……妳有沒有想過，妳這樣做對我公不公平？妳有沒有試著——哪怕只有一點，妳有沒有試著想過我的感受？」

宮成茜愣了愣，平常的自己還算聰穎，怎麼這時間竟無法理解姚崇淵這句話的箇中之意？

是自己太遲鈍嗎？

或是……其實自己隱約知道答案，卻沒有勇氣去確認？

姚崇淵這傢伙，難道對她……

姚崇淵覆蓋在宮成茜臉上的手掌，比宮成茜想像中的厚實且有些粗糙，大抵是長繭的緣故。她從沒想過有著稚氣臉孔的姚崇淵，這雙手竟是如此具有年紀與歲月的洗鍊。

因為姚崇淵外表給人的感覺，宮成茜從未認真把他當個成熟的男人看……直到這一刻開始顛覆她這種印象。

在她眼前，映入她眼簾裡的姚崇淵，是個不折不扣的成熟男性。

面對宮成茜的無言，姚崇淵的手緩緩游移到宮成茜的頸子、鎖骨，最後逗留在她突出明顯的鎖骨上。

「吶，宮成茜，如果我今天也像阿斯莫德那樣為妳而戰，抵擋所有的危險與敵人……妳也會為我如此牽掛不已嗎？」

「……你心裡不是已經有答案了嗎，何必問我？」

面對姚崇淵的提問，宮成茜知道自己的答覆，但她不願直截了當地說出口，那聽起來像是鼓勵姚崇淵去做些危險的事。

「我想聽妳親口說出來，用妳這張總是伶牙俐齒的嘴巴。」

姚崇淵一邊說，一邊用手指撬開宮成茜的雙唇，此刻什麼也做不了的宮成茜只能任姚崇淵擺弄。

宮成茜的嘴被姚崇淵撬開後，對方的食指探入其中，翻攪溫熱黏滑的舌根與撫過一列貝齒。在這種情況下，宮成茜壓根就無法正常回應，她只能任由姚崇淵對著自己這麼做。

姚崇淵挑逗的手指，恣意地翻動宮成茜的口腔內壁與舌根。

宮成茜沒想到姚崇淵會這樣對待自己，原以為身為人類靈魂出竅的他不會受她「活人」體質影響……還是說，這樣的行為是出於姚崇淵己意？

只是宮成茜是什麼人，她怎可能就這樣順從姚崇淵的意思？她冷不防地想用力咬下對方的手指，只是這一步早先被姚崇淵識破、搶先收回了手。

「哈，我就知道妳會這麼做。本天師可不是笨蛋，我還不了解妳宮成茜嗎？想咬我沒這麼簡單，更別想我會因此而停手。」姚崇淵嘴角微挑。

「那你，就跟為了我的活人氣息而來亡魂或魔物沒什麼兩樣。」

宮成茜皺起眉頭，冷眼瞪向姚崇淵。

「話可不是這麼說的，宮成茜。妳以為這麼說我就會改變主意？該改變的，是妳那張至今仍硬到不行的嘴。」

姚崇淵挑起宮成茜的下巴，卻見對方硬是不給情面地扭頭過去。

他帶著笑意，彎下腰來道：「即使做了類似的事情，本天師與魔物還有亡魂仍是不一樣的……妳知道為什麼嗎？」

宮成茜只是狠狠地瞪著姚崇淵，不發一語。

「因為，我這是發於內心己意，想好好懲罰一下妳這不把我放在眼底的女人……用妳的身體。」

姚崇淵拉了張椅子坐到宮成茜面前，一把撥開她原先緊緊闔起的雙腿，毫不客氣地將膝蓋探入其中、占據兩腿之間的空地。

他將雙手放在宮成茜的大腿上，湊近身子並且壓低嗓音用一種極其危險的口吻道：「吶，宮成茜，妳知道自己有時真的很討人厭嗎？我記得妳就是因為這樣而被打入地獄的吧？」

「不關你的事。」

宮成茜眉頭一皺，面露不悅。

「該說妳太過單純……還是其實想吊人胃口？這種答覆只會讓妳的處境更糟糕

啊，宮成茜。」

姚崇淵又道：「像妳這種不聽話又討人厭的女人，很能勾起本天師的征服欲……對，後來我才徹底清楚為何會想這樣對待妳。」

他一邊說，一邊將頭湊到宮成茜的耳旁，不急不徐地吹了口氣。

「起初只是因為妳實在太惹我生氣了，但後來我才明白，將妳一點一滴地慢慢折磨……讓妳發出甜美誘人的聲音，才是鼓動我這麼做的理由。我姚崇淵——想看妳眼裡只有我，為我淪陷。」

話音落下，姚崇淵竟然稍稍用力地咬了宮成茜的耳垂一下，霎時間又酥又麻如電流竄過的感覺，讓宮成茜不禁身體微微一顫。

姚崇淵嘴角的壞笑更是張狂，壓低嗓音在宮成茜的耳邊道：「看來妳也是個敏感體質的女人啊，宮成茜。吶，告訴我，妳以前真沒有過任何男人嗎？如果妳不願說也沒關係，只要我願意，憑我的感知能力也可以知道。」

宮成茜吃力地回答：「誰要……回答你啊……」

「嗯，真是意外，我感知下來的結果……宮成茜，妳還當真是毫無經驗的黃花閨女呀。那也好，本天師喜歡調教像妳這樣的女人。」

「你、你這個該死的長毛臘腸狗！」

宮成茜的怒罵還未說完，對方就一手摀住她的嘴。

「現在不是妳說話的時候，女人。就算在妳眼中是條狗的我，也有反撲主人的時候。」

姚崇淵的雙唇往下移動，以鼻尖和雙唇廝磨對方頸側，更不時吹送熱氣，最後冷不防地狠咬上一口，彷彿要將動脈咬破般，讓宮成茜既是疼痛又帶點難以言喻的異樣刺激。

宮成茜忍不住快發出聲音，身體又是一陣顫動。

「不需要忍耐，我想聽聽妳為我發出的甜美嬌喘。」

「才……才不會發出聲音……」

宮成茜倔強地回嘴時，姚崇淵又是出其不意地舔咬宮成茜一口，使得宮成茜差點在這一秒破功！

恍如電流竄過的刺激酥麻感，像襲來的熱浪沖得她腦袋一片熱烘烘。

姚崇淵嚥下一口水，喉頭發出一聲聲半壓抑、夾帶情欲的悶哼，突然用力地按住宮成茜的肩膀，一對眼眸都淪陷在欲望之中。

「宮成茜——妳真是讓我快發狂啊，妳的反應實在太過甘美。」

看著露出這種眼神和說出這句話的姚崇淵，宮成茜心知再這樣下去絕對很危險、超危險！

身體四肢依然動彈不得的情況下，她不知該如何是好，就在這時，門扉被用力地從外撞開，一道人影闖了進來！

「姚崇淵你好大的膽子，居然敢動我的茜！」

月森破門而入，怒吼同時毫不留情地揮去一個上勾拳，打得姚崇淵從椅子上跌到一旁，狼狽不堪。

月森趕緊上前一把抱起——以公主抱之姿將宮成茜整個人抱在懷裡，掉頭踏出這座房間。

月森身影完全消失在姚崇淵的眼底前，冷冷地撂下一句話：「再敢對茜出手……我會直接把你的靈體打到連地獄都不容。」

緊抱懷裡因為驚訝而說不出話的宮成茜，月森邁步向前，頭也不回地離開。

姚崇淵從地上爬起身，以手背擦拭嘴角的鮮血，目送著月森與宮成茜離去，他發出一聲苦笑，最後直接仰倒在地上，雙手一攤。

「看來，我還真是低估了宮成茜的魅力啊……」

第三章

命運之輪，情人專屬

Tuning Demon Project

月森替宮成茜拿來一杯熱茶，蒸騰的白色煙霧冉冉上升，宮成茜的思緒也如同這縹緲的煙霧，一時間難以定下心來。

「茜，姚崇淵那小子我日後再找時間教訓他，沒事的……只要有我在，就不會再讓姚崇淵碰妳一根寒毛。」

宮成茜喝了一口熱茶，「其實，月森哥你也沒必要這麼做啦……」

喝了一口熱茶後，思緒開始慢慢回籠，腦袋逐漸清晰起來的宮成茜，她想了想，會造就方才那樣的局面，或許自己的確要負擔很大的責任。

如果自己沒有那麼執著要找到阿斯莫德，發了狂地只想知道阿斯莫德的去向與是否安好，也不會完全無視、沒有注意到一路上幫助自己的姚崇淵……這點，對於月森哥也是，她同樣覺得似乎因此忽略了他們的付出與辛勞。

或許正如姚崇淵所言……無視他與月森不辭一切來救的自己，真是個混蛋。

也難怪當初自己在完全沒注意的情況下被杞靈憎恨，大概真和她這種眼裡只有自己的個性有關。

月森坐在宮成茜的對面，對著她道：「茜，只要妳想做的事，我都會陪妳到底。

我知道妳想去找阿斯莫德，對吧？」

「我的確很在意那傢伙的死活……但後來我想想，那個紅髮惡魔也不是什麼簡單人物，也不是第一天和別西卜鬧得你死我活，或許這次又和以往一樣好端端地什麼事也沒發生。」

宮成茜拍拍後腦勺，半開玩笑地說：「反正他沒出現，就表示我還可以拖稿不是嗎？哈哈。」

「不行，我不能讓茜拖稿，這有違路西法大人交代給我的任務。如果見不到阿斯莫德就想拖稿，那麼我就帶妳去找他，一定得找到他。」

月森突然認真起來，前一分鐘還溫柔地支持著宮成茜，下一秒馬上板起臉來。看在宮成茜眼中，原來月森也是她的責編之一嗎？這是路西法在她身邊設下的暗樁吧！

「喂，月森哥你是認真的嗎？真要帶我去找阿斯莫德？你知道他在哪？」

「我不確定，但至少知道他的宅邸在何處。」

「知道的話幹嘛不早說！」

「在認知到茜會因此拖稿前，我實在不願讓妳多看除了我以外的男人一眼，或多或少我也不想讓妳去找阿斯莫德吧。」

「這是什麼奇怪的心理啊……」

宮成茜扶著額頭，難以理解對方這種吃醋的心態。她隨後起身，雙手扠腰對著月森道：「既然這樣，那就順你的意思去找阿斯莫德吧！」

月森同樣起身，「走吧，不過……茜，那傢伙怎麼辦？」

宮成茜一聽，就知道月森指的是待在另一個房間的姚崇淵，她深吸一口氣，雖然心底多少有些複雜的情緒，她仍是做下了一個連自己都意外的決定。

「帶上他吧，再怎麼說那傢伙還算是個有幾把刷子的天師。」

想想過去姚崇淵也幫上自己不少忙，儘管他對自己做出這些事，她仍舊沒那麼狠心拋下對方。

「只要是茜做的決定，我都會答應。因為妳就像我的保冷袋，不可或缺，如此重要。」

「那個，可不可以換個比喻的方式啊？」

她一點也不想當保冷袋啊！

在踏離房門前，月森突然又停下腳步。

宮成茜納悶地問：「月森哥，怎麼了嗎？」

月森遲疑了一會才緩緩地吐出回應：「茜……堅持要帶上姚崇淵，難道妳已經習慣有他在身邊的感覺了嗎？」

宮成茜一愣，沒想到月森竟問她這麼一個令人錯愕的問題，她扯了扯嘴角，有些尷尬，也有些不知該如何作答。

「月森哥……你怎會突然這麼問？」

月森再次沉默一會，摸了摸手腕上的保冷袋，才像是被鼓勵與下定決心般地出聲回應：「他明明那樣對妳，妳卻仍然願意接受將他帶在身邊……倘若這不是習慣，會是什麼？」

宮成茜眉頭微蹙，她一時間也不曉得該怎麼回答這個問題，因為她完全沒想過這兩者之間的關係。什麼習慣有姚崇淵在身邊……她壓根沒意識到這樣的事啊！

「咳，我說月森哥，現在不是想這個的時候吧？你在這邊浪費的時間越久，我拖稿的時間就越長唷！」

「茜，妳這種轉移話題的功力，還是跟以前一樣差呢。」

月森雖是這樣說，嘴角卻微微揚起，是宮成茜在這位冰山王子身上久違不見的淺淺一笑。

「反正有月森哥包容我的差勁嘛。」

宮成茜甜甜地吐舌一笑，不自覺地向月森撒嬌起來。

兩人相視而笑，彷彿不久前的愁雲慘霧全都消散一空，宮成茜心想，既然人在地獄，那就凡事別那麼計較了。

身在地獄已經足夠悲慘，何苦還讓自己糾結一些芝麻小事呢？

離開飯店後，三道身影聚集在飯店的大門前，後頭還有蜥蜴模樣、與人等高的飯店服務生笑咪咪地目送客人離去。身為三道身影之一的宮成茜抬頭仰望這家飯店的招牌：**地獄寒舍酒店**。

「唉，現在地獄裡都在抄襲人世裡的產物就對了？」

不過她記得現世版的○美寒舍好像更高級點，地獄裡的盜版寒酸多了。

話說回來，此刻可不是悠閒的時候……打從一出飯店就火藥味十足的兩人——姚崇淵與月森哥，實在讓她看了頭疼。

「要不是看在茜的分上，我絕不會讓你繼續跟在我們身邊。」

「哼，你別以守護者的嘴臉自居，你以為我不知道嗎？你藏在心裡對宮成茜的骯髒欲望。要不是宮成茜需要本天師，才不想與你這種雙面人同行！」

兩人你一言、我一句，吵得不可開交的局面，著實讓想調停的宮成茜頭大。

她不指望這兩人能夠處得融洽……但至少收斂一下吧？

「我說你們，難道都忘了離開飯店的目的嗎？」

宮成茜試圖打斷那兩人的爭執，雖然月森哥說過自己轉移話題的功夫不怎樣，但不試試看怎知道效果如何？

「茜，妳或許不在意了，我還是很在意這傢伙在妳身邊出沒。」

宮成茜從月森的回答就曉得，果然她轉移話題能力還是差勁得很啊！

被月森這麼一說，宮成茜也覺得有些委屈——她不是絲毫不在意，只是自己的個性本就大剌剌，向來不喜歡鑽牛角尖。經過那件事後，她或許對姚崇淵多少有些警戒心，可是不代表她就得處處小心翼翼吧？

她想將這些話跟月森表達清楚，可是現在人在外頭，根本不是談這些的時候。

相較於月森仍不願跳脫原本的話題，身為另一位當事人之一，或者嚴格來說是肇事者的姚崇淵別過頭道：「月森，是你提議要帶宮成茜去找阿斯莫德的吧？也是你說知道阿斯莫德的宅邸在哪，那你是否該負起這個責任好好帶路？」

及時救援！

宮成茜在這一瞬間感謝姚崇淵也站在自己這一邊，不管怎樣她只要能結束持續糾結的話題就好！

接連被宮成茜與姚崇淵這麼說的月森，似乎再也沒有理由堅持下去，他深吸一口氣後道：「我明白了……但等等路上我要買加倍的保冷袋，我的腦袋需要加倍降溫。」

「你想買幾個保冷袋都沒問題！」

宮成茜立刻豎起大拇指，終於勸動這位冰山王子，太感動了！

「根據我的了解，待會將有一班黑寡婦接駁車經過，待會搭上它前往吧。」

「黑寡婦接駁車……光聽就很不想上車啊……」

宮成茜露出嫌惡的神情。如果是龍貓公車那該有多好呢？

不，不對，這裡是地獄，黑寡婦才符合形象！

不過她倒是很意外，這次怎麼沒有受到路西法推行的動漫行銷政策影響？

算了，這也不是她該思考的問題。

不到一會，果真有一臺車體全漆成黑色的公車行駛而來，只是車身上的橫幅廣告讓宮成茜有些傻眼……

她錯了，她原以為這次怎沒有配合動漫行銷的政策……原來都在車身廣告上了啊！

穿著車掌小姐制服的地獄看板娘小舞，手持紅色哨子，旁邊寫著鮮明的標語：

「歡迎搭乘黑寡婦接駁車，和小舞一同前往命運之輪吧！」

雖然她不是很懂那個什麼命運之輪，但宮成茜再次見識到——絕對不能小看路西法推動動漫行銷的決心！

上車以後，宮成茜發現座位是一張張由白色蜘蛛絲網織成的椅子，到底牢不牢固宮成茜還沒坐下不知道，看別的乘客坐上後似乎很舒適……應當沒問題吧？

等所有人都上車後，前方的司機大哥開口道：「唷，歡迎搭乘俺的黑寡婦，俺是犍陀多，就算這臺車掉入洞裡，只剩下一條蜘蛛絲可以爬上去，俺也會將你們負責送到目的地！」

「犍先生還是一樣充滿活力啊，真令人安心。」在宮成茜旁邊座位上的老奶奶，和藹地笑了笑。

姑且不論這名慈祥溫柔的老奶奶為何墮入地獄，宮成茜更在乎一件事——

「犍陀多……這傢伙不是《蜘蛛之絲》裡那名無惡不作的強盜嗎！」

日本知名作家芥川龍之介的短篇小說主角，居然活生生地出現在宮成茜眼前，不過這代表犍陀多沒從地獄爬出來的日子，好像也不算太差嘛？

「茜，妳知道犍先生？」

月森眉頭微挑。

「我是名作家，好歹讀過一點書好嗎。」宮成茜回了月森一記白眼。

只是她萬萬沒想到，能在這趟地獄行裡見到經典文學裡的人物……或許，這座地獄，比世人想像的更加具有深度與水準？

其實她也不是第一次有這樣的念頭，只是每當看到各種讓人想吐槽的地獄盜版貨與動漫行銷手段，剛萌生的想法就會完全抹除。

「對了，茜，我有件事要告訴妳。」

車子發動後，籠罩在轟隆隆低沉引擎運作聲中，坐在宮成茜右手邊的月森突然開口。

「這趟前往阿斯莫德居所的路上，也恰好是妳原先就要前行的路。妳不是想往地獄的深處前進嗎？剛好順路。」

「哦，那真是太好了，一舉兩得！」

宮成茜眼睛一亮，雙手合掌拍了一下。

在旁的姚崇淵酸溜溜地補上一句：「是啊，就算找不到阿斯莫德也不至於浪費時間，某人還真是精打細算呀。」

「姚崇淵，你有意見？」

月森的眼神立刻冰冷起來，話鋒更是尖銳。

姚崇淵聳了聳肩答：「我只是說出事實而已，怎樣？想把我轟下車嗎？」

「夠了，你們別再給我鬧事，這裡還有其他乘客，麻煩你們安分點！」

宮成茜扶著額頭，她可不想再把上車前的畫面重演。

月森深吸一口氣，努力把姚崇淵的挑釁壓至心底最深處，過了一會才又對宮成茜開口：「還有另一件事，我看茜妳好像挺在意的，關於命運之輪。」

「沒錯，我剛才就想問了，命運之輪到底是什麼？而且我們現在乘坐的不是一般公車，而是接駁車……是要接送我們到哪裡啊？應該不會是直達阿斯莫德的住處吧？」

想想這不太可能，阿斯莫德的私人住所怎可能是一個人人都可在此上下車、聚集的場合？

「不愧是茜，總是反應靈敏。這臺接駁車確實不會直達阿斯莫德的宅邸，但搭上它可以省下我們許多時間，下車地點再走一段路就可以抵達了。」

「原來如此啊……那麼，這臺車究竟會直達到哪？」

「這臺車——是命運之輪主題樂園的接駁車。」

宮成茜傻眼地睜大眼睛。

「主、主題樂園?命運之輪是個主題樂園!」

她的天啊!

地獄不是受苦受難受刑罰的地方嗎?居然有主題樂園是哪招!

等等,之前有色欲圈歌舞伎町就挺奇怪了……

「敢問地獄裡的主題樂園……不,那個什麼命運之輪主題樂園具體來說如何?」

「哎呀,我瞧妳身上活人氣息還挺濃的,妳是剛死不久的新魂嗎?居然不曉得命運之輪是怎樣的地方就坐上接駁車了?」

在旁聽見他們談話的大嬸乘客,相當自然地加入了話題。

為了避免過多的解釋與麻煩,宮成茜乾脆承認自己就像對方所言那般,是個剛入地獄的新人……只是被講成這樣還真有些不吉利呀。

「是啦,我是跟朋友一起搭上車的。大嬸妳很熟命運之輪嗎?」

「什麼大嬸，真沒禮貌，我才二十歲而已！沒看到那個看板娘小舞就是以我的形象設計的嗎！」

「這句話才是對小舞的設計者失禮吧……」

宮成茜這下不只傻眼，而是無奈了。

「妳在嘀嘀咕咕什麼？」

「不，我什麼也沒說！」

馬上敗陣在對方殺氣騰騰的眼神之下，宮成茜心想真是難得遇到比自己還盛氣凌人的女性啊！

「命運之輪呀，很久以前是處刑場，只是後來聽說經營單位營運不善，便轉型成主題樂園了。」

「這個轉型會不會跳太大啊……怎麼想都覺得完全搭不上邊……」

宮成茜的眼神如死魚般，毫無生氣。

地獄裡無厘頭的事真是一件接著一件，她果然不能用正常人……不，用活人的眼光看待地獄！

「啊，待會就快到了，先別跟妳說太多，等等自己體會一下吧！」

大嬸……是自稱二十出頭的大嬸忙著從包包拿出粉餅補妝，宮成茜則一臉茫然地看著她。

可見宮成茜遭受到的打擊並不小。

「茜，收拾一下，我們準備下車了。」

「哦，好！」

一路上聽了月森與乘客的話後，宮成茜對於即將抵達的命運之輪主題樂園產生了濃烈的興致，也更加好奇這座曾經當作處刑所的主題樂園……會是什麼模樣？

啊，不對，她是來找阿斯莫德才順路經過的，才沒有要進去玩呢！

下了車，月森替宮成茜刷了一張地獄版的悠遊卡，卡片上頭還有一個看起來一點也不討喜、超級詭異不知如何解釋的「吉祥物」。

雖然一直靠月森資助費用，總覺得有些對不起他……但實在沒辦法，她宮成茜就是兩手空空被打入地獄的活人，連託夢叫人燒冥紙的機會都沒有，也難怪身無分文。

啊，只是路西法統治的地獄會收冥紙嗎？

真是個好問題，她改天再找機會問問吧！

「月森哥，現在該往哪走呢？」

站在接駁車站牌前，上頭還有標示「命運之輪歡迎你」的標語，以及一個像是轉輪般的金色logo，地獄裡也是十足的商業氣息呢！

「嗯，直接入園吧。」

「哈啊？」

宮成茜不禁認真懷疑——該不會是月森自己想跑去主題樂園玩吧？

「不用懷疑，宮成茜，我想那傢伙會這麼說，是因為穿過命運之輪主題樂園，是通往阿斯莫德住家最快的捷徑。」

姚崇淵伸出手，指向宮成茜左後方的一張平面地圖。

轉頭一看，宮成茜見到平面地圖……正確來說是遊園地圖指南上頭，清清楚楚地標明只要穿過主題樂園，直線前進就能以最快的方式抵達阿斯莫德居所。

「嚇！居然這麼公開地標出來嗎？」

這麼說來，阿斯莫德的住家也算是觀光景點之一囉？

「茜，妳的門票就由我先付。至於另一個人，若想跟上就請自己解決。」

月森先溫柔地對宮成茜說，隨後一個轉頭冷冷地向姚崇淵喊話。

「哼，不用你說我也會自己掏錢包！」

姚崇淵恨恨地瞪了月森一眼，看在宮成茜眼中，她還真不曉得他們兩人之間的關係何時才能改善。

話說回來，她自己也是吧……目前為止，她對姚崇淵也採取閃避的態度。現在面對姚崇淵，她總有一絲警戒，一份愧咎……與一種難以說上來的奇特感覺。

自己的身體好似因為被姚崇淵那樣對待過，對這個男人，開始有些奇妙的反應……好比如，只要對方一靠近，她的腦海就會不自主地想起當時種種，桃色畫面如上癮的毒藥環繞不散。

除此之外，還會伴隨不受控制的心跳加速，她到底是怎麼了？

月森哥就算了，為何對姚崇淵有這樣的反應？

「要進去囉，茜，還在那裡發什麼呆呢？」

月森的聲音從不遠處傳來，打斷了宮成茜的思緒。

她趕緊追上去，拿著月森遞過來的門票，再轉交給入口處的驗票員。順利通行後，三人站在命運之輪主題樂園的入口庭院前，看著這眼前人來人往……不，嚴格來說是亡魂來來往往、妖怪來來去去的主題樂園，心中充滿訝異與讚嘆。

命運之輪主題樂園共分四大園區，有沙漠熱死區、天寒凍骨區、尼羅河戲水區，以及命運之輪的主打：命運之輪酷刑區。

宮成茜傻眼地看著這些園區的名字，心想真不愧是正宗的地獄啊，果真連主題樂園的類型也跟人世大不相同呢……換作在人世，這家主題樂園大家肯定避之唯恐不及吧！

額前冷汗不禁流了下來，宮成茜用手腕擦了擦。

此時身旁的月森出聲道：「根據遊園地圖，我們應該只會經過兩大園區，天寒凍骨區與命運之輪酷刑區。」

宮成茜心底暗暗鬆了一口氣，還好不用跑遍所有的園區，不然她大概會累死吧？

但光是天寒凍骨區與命運之輪酷刑區……聽名稱就覺得很不妙了啊！

「哈，我看有人光聽園區名稱臉色就發白囉。」

「要、要你管！你這可惡的長毛短腿臘腸狗！」

「哈啊？妳這囂張的女人，有種就給我再說一遍！」

就這樣你一言、我一句，姚崇淵與宮成茜在樂園大門前爭得面紅耳赤，月森再度擔當無奈的調解員。當宮成茜氣呼呼的情緒稍稍降溫後，她才意識到……自己好像有一陣子沒和姚崇淵鬥嘴了。

也好，或許就這樣順其自然下去，她和姚崇淵之間那種微妙曖昧又警覺的氛圍便會自然散去。

但願如此，宮成茜誠心地祈禱。

在月森的帶領下，一行人首先來到天寒凍骨區，尚未真正踏入園區前，空氣中便傳來刺骨的冷風，讓宮成茜立刻哆嗦與噴嚏齊發。

月森將自身的披風脫下，溫柔地蓋在宮成茜的肩上道：「茜，會冷嗎？小心別傷了身子。」

宮成茜搓了搓發紅的鼻頭，另一手則拉了拉月森覆上來的披風。

「嗯，謝謝月森哥……哈啾！」

姚崇淵雙手抱胸，不以為然地冷哼一聲：「哼，這女人會怕冷真是出乎意外。」

不顧還在後頭的月森與宮成茜，他逕自走進由冰霜雕鑿出來的園區大門內。

「什麼嘛，我也不能輸，月森哥我們走！」

輸人不輸陣，向來自尊心高傲的宮成茜怎樣都不能落後姚崇淵。將披風還給月森後，她邁開步伐、大步大步地踏進天寒凍骨區！

一進入天寒凍骨區，宮成茜的身體馬上本能地發抖，雞皮疙瘩都出來了，但天寒地凍區的遊客卻沒想像中少——其中絕大部分都是……北極熊？

宮成茜愣愣地看著一隻隻北極熊穿梭在園區內，有的還攜家帶眷，全家大小一起出遊……這裡真不是什麼動物園嗎？

除了北極熊，還有企鵝、雪白色的海豹，撇開不看少數穿得跟愛斯基摩人有得比的亡魂，宮成茜真心覺得自己到了動物園的北極館。

依照先前得知的地獄常識，這些北極熊、企鵝或海豹等等，都是地獄裡的原生種族吧？某種程度上來說，也像是妖怪一樣的存在。

對了，如果是地獄裡的物種，說不定北極熊或企鵝還會開口說人話呢！

宮成茜懷抱劉姥姥逛大觀園的心態環看四周，天寒凍骨區內沒什麼歡樂的尖叫聲，只有冷風颼颼颳過來的呼嘯聲。

冰天雪地的園區裡，有許多冰塊打造而成的溜滑梯、旋轉木馬、碰碰車……不過好像每撞一次，冰製成的車子就會出現一道裂痕……真不知會不會突然解體啊？

不過她根本沒空擔心那個，這裡真的好冷，即使穿上了月森給的披風，她還是冷得不斷顫抖。反觀月森，一如既往冰山王子的形象遊走在天寒凍骨區，該說不意外嗎？一個日日與保冷袋為伍的男人，搞不好待在這裡對他而言更加舒適呢。

視線不禁瞟向姚崇淵所在……宮成茜頓時睜大眼睛，驚呼道：「對哦！我都忘了你這傢伙會召喚出火鶴！」

收到宮成茜熱烈的視線，姚崇淵聳了聳肩，拿出另一張符咒對著它施法，眨眼間化出另一隻火鶴，緩緩地飛到宮成茜身邊。

宮成茜彷彿多了一個隨身攜帶的暖暖包，但比暖暖包更為溫暖！她開心地向姚崇淵道謝。

姚崇淵摸了摸後腦勺。「沒什麼，聽好，我才不是看妳冷才這麼做。」

「好，我知道，但還是謝謝你啦！」

其實不該只謝姚崇淵，身上這件披風也是月森哥的心意。雖然這兩人都有對自己意圖不軌的黑歷史，宮成茜卻越來越覺得，這兩人其實都對自己很不錯……有種被兩個男人呵護的感受。

這種念頭聽起來好像挺不要臉的，可是她就忍不住會這麼想，倘若不是這兩人，她大概真要成為天寒凍骨區裡的凍死骨了。

儘管還無法完全驅除寒意，宮成茜不管身體上還是心靈上都覺得足以克服寒冷，她說什麼都要撐過這個天寒凍骨區！

努力快步前進的結果，就是一步步遠離冷得要死的天寒凍骨區，也隨著步伐持續前進，籠罩在宮成茜四周的溫度越來越往上攀升……

最終，他們踏出了天寒凍骨區，來到銜接命運之輪酷刑區的中間地帶。

在這裡還能多少感受到鄰近天寒凍骨區的寒氣，只是宮成茜已不需要姚崇淵的火鶴在旁伺候了。

火鶴最終燒成一團紙灰，塵歸塵、土歸土。

宮成茜拿出遊園指南，看著上頭寫著命運之輪的簡介：

想來體驗命運之輪嗎？每次搭乘都能體會到不同的無常與莫測！當你做壞事的時候，命運女神就在你背後她非常火，她將以智慧與公正、以人類理智無法預知的方式對你進行酷刑懲罰！

看著這張宣傳內文，宮成茜真不明白寫這篇文案的人在想什麼……等等，或許不是人，是別的地獄裡原生物種也說不定。

懷著忐忑的心，跟著月森和姚崇淵踏進命運之門酷刑區的大門之中，宮成茜這才了解到：

命運之輪主題樂園原是懲罰吝嗇與浪費者的靈魂之地，因為原先審判的公司經營不善，便轉型成主題樂園，其中最多人喜歡的遊樂設施就是命運之輪風火輪。

不過由於命運之輪的特殊屬性，只有吝嗇與浪費屬性的靈魂才能上去玩樂。

明明被轉得很痛苦的一群靈魂，卻面露痛苦又快樂的神情，實在讓人搞不懂。

原以為其他人會像穿越天寒凍骨區一樣，毫不貪戀任何一個園區內的遊樂設施就離開，沒想到這回竟由月森提出了一個主意。

「茜，既然都來到命運之輪主題樂園了，不順便玩一下命運之輪內的設施實在太可惜。」

「那個，月森哥，你知道自己在講什麼嗎？我們不是要趕緊去阿斯莫德的宅邸？」

宮成茜難以置信想去玩遊樂設施這句話，竟是從看似冷靜理智的月森口中吐出！

這不應該是姚崇淵那隻血氣方剛的臘腸狗才會說的話嗎？

「別看我，這次可不是我說要去玩的！」

感覺到宮成茜投射而來的視線，姚崇淵馬上切割。

月森振振有詞地道：「正是因為要去阿斯莫德的宅邸，我們才得多玩一下，誰知道去了宅邸之後還能不能回來。」

「為什麼你會有這麼絕望負面的想法啊？想找藉口去玩就坦白說一聲啊……」

宮成茜扶著額頭，她又對月森哥這個人改觀了，真不知該說他原來還有赤子之心，還是貪玩呢……

「走了，茜。至於另一人要不要跟上來，隨他。」

「啊啊！月森哥等等我啊！」

沒想到月森如此堅持，一個轉身就走、瀟灑得可以，宮成茜不由得懷疑此人真是自己認識的月森哥嗎？

真正的月森哥是不是遺留在剛剛的天寒凍骨區內了？

眼看月森哥都執意走向那座正在轉動的風火輪……嚴格來說該稱呼它為「命運之輪」，宮成茜也只得無奈地抬起腳步跟上去。

至於姚崇淵，他本來就不排斥花時間玩些設施，心底多少也有像月森的想法……來到遊樂園，什麼都沒玩的確太可惜。

當三人齊聚在名為命運之輪的大型風火輪前，宮成茜想打退堂鼓了——

「這根本是玩死人的酷刑啊啊啊！」

「這本來就是標榜酷刑的遊樂設施啊……」姚崇淵吐槽道。

宮成茜屏住呼吸，難以置信地看著眼前的命運之輪……每一個間隔上都吊掛著一個人（認真來說是亡魂），以極快的速度迅速瘋狂轉動，將吊在上頭的每一名乘客（？）都拋甩得尖叫連連！

在命運之輪背後的金色女神雕像——命運女神也不停用殘酷冰冷的聲音重複：「制裁，制裁！沉迷虛幻利益之人，受罰吧！」

「天啊，真是貨真價實的鬼吼鬼叫……在命運之輪上的亡魂真的開心嗎？地獄裡有這麼多被虐狂嗎！」

宮成茜看著這群被不停拋甩的遊客，腳底都在冒汗了，不斷在心中祈求月森千萬別找自己上去玩。

月森的眼神直直地盯著前方命運之輪，出聲問道：「茜，要不要一起上去搭乘命運之輪？」

「咦！」

媽呀，月森哥還真問她要不要上去玩了！

宮成茜嚇出一身冷汗，臉色瞬間刷白。她身體顫抖地回看月森，嚥下一口口水。

「不、不用了，月森哥你一個人上去玩就好！」

「哈，看來某人害怕囉！怕就直接說不敢玩嘛，相信妳家月森哥知情的話，就不會強迫妳上去玩啦！」

宮成茜馬上轉頭看向月森，用水汪汪的眼眸眨呀眨地望著對方。只要可以不用坐上命運之輪，要她賣萌還是捨棄自尊都不成問題！

「月森哥，這好可怕喔，人家不敢玩啦。月森哥這麼善解人意又溫柔，一定不會勉強我的對吧？」

月森維持同一副表情，立刻回應：「茜，我們直接離開這裡吧。」

「我就知道月森哥對我最好了！」

宮成茜張開雙手歡呼，姚崇淵的方法還真有效！

成功逃脫被吊上去的命運，她暗暗在心底鬆了一口氣，同時快步向前邁進，只想離開這裡越快越好！

然而前進沒多久，月森又不知看到了什麼，眼睛一亮，停下腳步定格在某個設施的公布欄前。宮成茜見狀，心底再度升上一股不祥預感。

她戰戰兢兢地跟著看向前方的公布欄……上頭寫著：

命運之輪鬼屋，即日起開辦情人甜蜜冒險活動！

「……這算什麼活動啊？地獄裡還有這種情侶限定的活動？」

宮成茜才剛吐槽完，腦海裡馬上浮現一道念頭——等等，月森該不會真想進去參加吧？

難道他要和姚崇淵當歡喜冤家嗎？

糟糕，這樣想想好像不錯……

「看妳的臉就知道妳在想奇怪的事，宮成茜。」

「不要偷看少女的表情好嗎？你這個短腿長毛臘腸狗。」

宮成茜萬萬沒想到，怎會如此恰巧在這段期間主辦什麼情人活動，萬惡的雙人冒險套裝行程，她有種預感又將面臨一波爭風吃醋的戲碼。

唉，好好的桃花不開在她待在人世時，偏偏盛開在地獄裡……這其實不是桃花而是彼岸花吧？

果不其然，站在布告欄前沉默盯著好一會的月森，終於開口：「茜，我們一起參加這個活動吧。」

宮成茜用力拍了一下自己的額頭。「天，我就知道你會這麼說！」

「怎麼，聽起來很高興？」

「你哪隻耳朵聽到我很高興了啊？」

宮成茜認真覺得，月森哥扭曲別人意思的能力好像逐日增強啊？到底是自我感覺良好，還是真的理解能力有問題？

姚崇淵走到宮成茜面前，一手攬住宮成茜肩膀，挑釁道：「要和宮成茜參加情人活動的什麼時候輪到你了，月森？」

宮成茜馬上甩開姚崇淵的手。

「哈啊？你也別擅作主張好嗎！」

不管是月森哥還是姚崇淵，怎麼都是一個樣，明明她沒答應的事卻說得斬釘截鐵！

「茜，這次我不會再讓步了，姚崇淵和我，妳必須選一個進行情人冒險活動！」

月森難得強勢起來，視線充滿壓迫性地盯著宮成茜看。

姚崇淵不甘示弱地接在後頭開口：「宮成茜，選那種冷冰冰的亡魂有什麼好？當然是選英雄救美數次的本天師才對！」

宮成茜用力推開兩人大喊：「夠了，我誰都不想選！老娘我一個人進去，才不管什麼情人限定冒險！」

她完全不顧旁邊攔阻的工作人員，意氣用事地一個人大步走進鬼屋之中，直到在陰森昏暗的鬼屋裡待了好一會……她才意識到自己做了多失控的事。

儘管身在地獄，真正嚇人、長相可怕的惡魔或鬼魂並不多，算是顛覆了宮成茜對於地獄的既有印象……此時此刻她所身處的鬼屋內，好像就跟她在人世時所想像的鬼屋一樣，毛骨悚然不說，就連飄散出來的風也陰冷得讓人不禁打起哆嗦。

「真是的，地獄裡辦什麼鬼屋啊，是嫌鬼還不夠多嗎！」

獨自一人走在不知有多大的鬼屋內，宮成茜雙手抱胸，戰戰兢兢地左顧右盼……深怕一個閃神沒注意，就有駭人的畫面出現。

也不曉得月森或姚崇淵有沒有追上來，裡面亂黑一把，別說牢記自己走過的路線，就連想看清楚點都十分困難……她還是搞不懂，地獄裡為何要建造鬼屋這種遊樂設施啊！

無法理解地獄人的邏輯……關於這點宮成茜真是被徹底打敗。

只是她現在究竟該何去何從？

目前看來好像還沒有任何動靜，或許這個鬼屋沒想像中可怕吧？

好，乾脆一鼓作氣往前走，低著頭快快離開這裡就對了！

果斷地做了決定，趁著心臟還沒被妖魔鬼怪嚇壞前，她要使出最快的速度逃離這座鬼屋！

宮成茜越走越快，快到都喘起氣來，身子卻一點也熱不起來，只因鬼屋內的森然冷風不斷，讓她即使賣力地走動，都感受不到絲毫的熱度。

就在她低著頭趕路，無暇觀察或享受鬼屋的刺激時，突然有道身影從旁邊木板後冒出！

「哇啊！」

宮成茜驚呼一聲，整個人反射性地向後跳去。

剛剛竄出來的身影披頭散髮匍匐在地，伸出手顫抖地道：「救……我……」

「這、這年頭連地獄裡的鬼都好真好會演啊！等等，他們本來就是真的……」

從對方發出的聲音來判斷，他應該是個男鬼，身上似乎帶著傷，鮮血直流，有夠逼真。

男鬼依然沒有爬走，吃力地在地上低啞地喊：「救我……幫幫我……」

「別騙了哦，誰要幫你啊，再假下去就不像了！」

宮成茜雖是這麼說，身體仍呈現緊張的弓起狀態。她心想這名工作人員的演技實在太誇張了，難道不曉得嚇人的梗只能用一次，持續使用只會讓人覺得了無新意嗎？

即便是這樣想，理智上也知道那人沒什麼好怕，她的身體還是控制不了地緊繃，就連往前踏出一步的力氣都沒有。

宮成茜朝對方揮手，示意要他快離開別再擋路，只是他好像血越流越多……最後咚的一聲，整個人倒了下去，靜止不動。

宮成茜吃了一驚，在好奇心驅使下，她小心翼翼地走向倒在地上的男子，低聲問：「喂……你……別裝神弄鬼哦？」

過了好一會，仍沒有得到半點回應。

宮成茜低頭看自己踩到的紅色液體，原以為只是用來增加效果的假血……靠近一聞，竟真有濃濃的鐵鏽味道，將腳稍稍抬起來，還有一點黏稠的感覺。

宮成茜再看看這名倒在自己跟前的男人，想起他倒下去前最後說的話：

「救救我……」

「啊——不管了，這傢伙真是的！」

宮成茜下了個決定，她也不知道自己這麼做對不對，總之她實在沒辦法視若無睹，哪怕被騙也沒關係頂多被笑罷了。

「嘿咻！」

宮成茜將倒在血泊裡的男人抬起來，多了一份責任壓在肩上，她感覺自己什麼都不怕了。

「你這傢伙，讓本大小姐就算明知會被嚇也要救你……最好別給我死透了啊！」

第四章

墮天使傳說

Tuning Demon Project

宮成茜從沒想過，自己會陪在一個陌生的男子身邊長達一小時。在遊樂園的醫護站內，過了整整一小時後，被她扛來此處的男子終於恢復正常呼吸。雖然還在昏睡的狀態，護士告訴她這人的血已被止住，傷口也做了處理，就等他自己清醒了。

宮成茜觀察躺在床上的對方：白長髮、巧克力般黝黑的膚色、臉上有一條刀疤，看起來格外肅殺冷漠的男子，穿著黑色雙排釦長版大衣和短軍靴，給人冷傲孤寂難以親近的壓迫感。實際上五官很英俊，這種深沉又具有殺氣的面孔看在宮成茜眼裡，很顯然對方是個有其故事的人。

倘若沒有什麼複雜的背景，這傢伙也不會傷重成這樣倒在鬼屋裡吧？

若是此人能夠清醒過來，宮成茜倒想一問究竟，或許還能拿來當寫小說的材料呢。

雖然她好像不該把注意力都放在這名陌生人上，而是得盡快去找月森哥與姚崇淵會合才對……早知就別賭氣一個人衝進鬼屋，他們大概也不曉得她輾轉來到醫護站，這下可能更難見到面了。

不過，應該也沒什麼好擔心的，那兩人比自己強又熟悉地獄多了，倒是自己，明明想快點知道阿斯莫德的下落，偏偏又被眼前這種事情絆住……然而說到底，這不正是自己雞婆造成的嗎？

就在宮成茜的思緒在腦海裡打轉時，躺在床上的俊美男子劍眉微蹙，悶哼一聲，緩緩地睜開雙眼……

「嗚……這裡是？」

宮成茜立刻上前回應：「是醫護站，命運之輪主題樂園裡面的醫護站……你還記得發生什麼事嗎？」

看到對方睜開雙眼後，淺藍色如清澈湖泊般的雙眸，宮成茜忍不住倒吸了一口氣——這男人的眼睛好美！

雖然覺得這樣的念頭實在太花癡，宮成茜也無法抹滅自己就是這麼想的事實，這名看來冷酷、嚴肅有些面惡的男人，這下讓她更想了解在對方身上發生了什麼事。

對方眨了眨眼，想了一下，忽然間轉過頭來直直地盯著宮成茜看——這瞬間她以為自己是被老鷹盯住的獵物，一時間竟動彈不得，吐不出半點聲音！

這種懾人的壓迫感是怎麼回事？

僅僅只是一個直視自己的眼神，就讓人覺得渾身上下不對勁，猶如即將被對方拆解入腹的悚然！

宮成茜噤聲不語，目光也無法從對方的視線下逃脫，好似被牢牢攫住，只能像個木頭直直地看著對方，縱使腦海有千言萬語都吐不出來。

這種像被禁錮般的氛圍，直到對方開口才打破：「妳……」

「……是、是？」

宮成茜沒來由地緊張起來，好不容易擠出聲音來。

「救了我……？」

「不、不敢當！」

宮成茜再度嚥下一口口水，平常盛氣凌人的自己，不知怎麼搞的，對上這名男子，明明自己還是救了他一條小命的恩人，卻像個小弟般戰戰兢兢地回話。

「別緊張，我對於妳的救命之恩感激在心……」

「欸？」

「……我沒有要殺妳的意思，妳誤會了。」看到宮成茜一臉訝然的神情後，對方又道：「我叫伊利斯，我明白看到我的臉會感到緊張害怕……妳不是第一個。」

宮成茜訝異地眨動睫毛，愣愣地看著緩緩坐起身的伊利斯，看著他有如經過天神雕鑿過、稜角分明又英俊的側臉，雙耳則諦聽他過份磁性與低沉的嗓音。

「因為我的長相，任何人看到我接近都以為會被威脅恐嚇……其實，我不過只是想說一句『你頭髮上有隻蜘蛛』之類的話。」

宮成茜聽完對方的解釋後，這才有些放鬆、再次詢問：「那麼我再問你一次，伊利斯先生，你怎會身受重傷倒在鬼屋裡面？還記得發生什麼事嗎？」

「除了叫我伊利斯外，妳也可以叫我伊布利斯（Iblis）。我本是執掌將人類誘惑成邪惡子民的地獄官。更早之前的身分還曾是『神的代理人』，只是由於我倔強的脾氣與自尊，不容許自己向任何人類下跪而遭到天神懲罰，拔除一邊的翅膀而成為墮天使。」

宮成茜沒想到伊利斯會從頭開始介紹自己，不過也好，反正她本就想多了解這個人一些，可以當作往後地獄輕小說的素材。只是她真沒想到，原來伊利斯的身分曾經如此高貴……這種不輕易向神或人類屈服而被打入地獄的故事，她也非初次聽到，若沒記錯，現任地獄之主路西法也是類似情況吧！

宮成茜思索的同時，伊利斯又道：「墮入地獄後，晨星．路西法大人看重於我，讓我去誘惑人類或純潔的靈魂墮落……不過，與其說是誘惑，實則是以威逼的方式讓人臣服還更恰當。」

宮成茜認真地聆聽，一直期待能聽到對方講到自己為何受傷的原因，想不到這人看來冷酷又霸氣，實際上話倒還挺多的。

「我之所以重傷倒在鬼屋內……說實在，一切都是意外。」

伊利斯向宮成茜娓娓道來——原來他是從阿斯莫德的宅邸逃出來的！

根據伊利斯說法，他與阿斯莫德算是地獄裡難得一見且著名的「惡魔好友」，也被歸類在親近四大天王之一的阿斯莫德派系裡，由於前陣子都無法聯絡上阿斯莫德，他便直接登門拜訪查看情況……

「沒想到，竟會遭到埋伏，腳已先受了傷，實在無法全力對付敵人，況且對方人手眾多，似乎早想將我在今日除掉。我一路逃竄，誤打誤撞進妳說的鬼屋之中……那兒光線昏暗且隱密，躲進去應當能夠逃過敵人耳目……只是沒想到，會在那裡遇到妳。」

當對方目光重新與宮成茜對上時，宮成茜仍忍不住暫時屏住呼吸，她從沒看過美得如此澄澈透亮的藍色眼眸，心跳更因此漏了一拍。

「對了，還沒請教妳的名字？」

宮成茜這才恍然清醒，彷彿從跌進去的湖水藍眼眸中爬出，愣愣地回答：「我、我叫宮成茜。」

「宮成茜……宮成茜……我想起來了，妳就是阿斯莫德親自帶來地獄的那名人類！」

「你知道我？」

宮成茜眨了眨眼睛，略顯訝異。

伊利斯點頭回答：「當然，只要是阿斯莫德身邊之人都曉得妳的事，妳在地獄裡是特權一般的存在。」

被這麼一說，宮成茜有些不好意思地撓了撓漲紅的臉頰。

「呃，其實我也不是這麼想紅啦……」

伊利斯一陣沉默地看著宮成茜，一旦他不說話，充滿壓迫感的眼神就會讓對方噤若寒蟬，馬上懷疑自己是否做錯或說錯什麼，甚至以為伊利斯在生氣了。

當然，宮成茜也不例外，她閉起嘴巴，過了幾秒後才怯怯地回：「那個……我知道自己很不要臉說錯話了……」

「呃，不，我想妳又誤會我的意思了……我只是有點訝異妳會那樣說罷了。」

伊利斯尷尬地回應，某種層面上來說，他這張臉還真是個困擾，總讓旁人誤會自己的意思。

「是、是這樣嗎？啊哈哈哈……」

宮成茜尷尬地拍了拍後腦勺，看來伊利斯用這張臉與氣勢去脅迫人類墮落，真是所言不假。

「對了，聽說阿斯莫德是妳的責任編輯，應當還算親近，妳有他的消息嗎？」

「說到阿斯莫德，既然你是他的好友，我想有件事必須讓你知道……」宮成茜臉色一沉。

雖然難以啟齒，也不曉得伊利斯會作何感想，她還是決定要將先前發生的種種，一五一十向伊利斯道來。

從宮成茜口中得知來龍去脈的伊利斯先是訝然不已，隨後沉下臉來，用低沉的嗓音回應：「我想……阿斯莫德的情況可能比我們想像的還不樂觀，因為對手是一直以來都與路西法大人、阿斯莫德敵對的別西卜。」

「別西卜不只與阿斯莫德不合，竟然還敢與你們的地獄之主敵對？這是怎麼回事啊？那傢伙是找死嗎！」

竟敢有人……有惡魔敢與最大咖的惡魔之王路西法作對，是太有勇氣到無謀吧？

宮成茜方有這樣的念頭，下一秒就被伊利斯回了一槍：「千萬別小看別西卜，地獄第二把交椅之稱可不是浪得虛名。也正是由於這個稱號，一直讓別西卜相當介意。」

宮成茜深吸一口氣：「言下之意……你指別西卜有反叛之心，想拔掉路西法自己當老大？」

伊利斯沉默不語，但從他凝重的臉色來看，間接驗證了這說法應當無誤……這下事情嚴重了。

——地獄裡竟然有惡魔要造反啦！

「先不管那還沒有證據的事……別西卜跟阿斯莫德本就有派系敵對的問題，倘若阿斯莫德真落到別西卜手中，後果不堪設想……」

宮成茜越聽越一頭霧水，一時間太多資訊湧入，她的腦袋可沒辦法那麼快整理與承受啊！

好不容易讓腦袋稍微冷靜下來後，她大抵快速整理出這樣的訊息：第一，別西卜想要推倒……啊不對，是推翻路西法的統治。其二，別西卜和阿斯莫德有派系之間的鬥爭？

怎麼連地獄也不得安寧，地獄不就是單純給亡者懲罰的地方嗎……等等，地獄裡又有主題樂園又有歌舞伎町，好像早已不是這麼一回事了。

宮成茜正想追問下去，突然醫護站外傳來一陣騷動。

「外面怎會這麼吵啊？」

宮成茜轉頭一看，還沒看到個所以然，右手腕馬上被伊利斯一把抓住。

「怎麼了嗎？」她疑惑地問。

瞧對方一臉嚴肅……本就很殺氣騰騰的臉，現在看來更加恐怖。

「快走。」

話音一落，伊利斯即刻從病床上起身，拉著宮成茜離開原本房間。

「伊利斯！你還有傷在身不可以擅自離開病床！」

「養傷重要還是性命重要？」

伊利斯頭也不回地繼續拉著宮成茜迅速穿過醫護站，快步來到外界。

宮成茜心裡一驚，心想難道是當初設下埋伏，導致伊利斯受重傷的殺手追來了？

回頭一看，不遠處果真有三、四道身影行跡詭異地跑出醫護站，一見到她和伊利斯後便馬上群體追了上來！

「喂，你知道那些人是誰嗎？該不會是別西卜的人吧！」

「妳很清楚是怎麼一回事，既然如此，就加快腳步跟我走。」

宮成茜雖然有把話聽進去，腳程也快上許多，只是她的目光一直無法從對方身上的傷口移開……纏滿白色繃帶，好不容易暫且止血的傷口，在大動作的跑動下，傷口似乎再次裂開，滲出血來。

眼看血色渲染得越來越大片，宮成茜牙一咬，突然甩開伊利斯的手，停下腳步。

伊利斯不解地回頭問：「妳在做什麼?妳明白自己現在的處境嗎!」

面對伊利斯厲聲的質問，再加上對方本就讓人感到壓迫的容貌，宮成茜顫抖著聲音，堅持說出自己的想法。

「我不能放任你的傷勢不管，伊利斯!如果你待會失血過多而魂飛魄散，我不就白救你了嗎!」

據宮成茜先前從月森口中得知，地獄裡除了亡魂之外，如原生物種與惡魔都有其血肉與靈魂，也會真的死去……但嚴格來說更像是魂魄飛散，亡魂好歹可以轉世重生，一旦魂魄散去就連重生機會都沒了!

宮成茜拿出武器，「破壞F4紅外線」，握在她手裡的法杖有著琥珀色偏金杖身，杖身上還有數條白色縱線，法杖最頂端部位的紅寶石對向敵人。

宮成茜回頭對向迎面而來的殺手，背對著伊利斯道：「我會保護你——至少我會盡量做到！」

宮成茜發動破壞死光攻擊同時出手的敵人，白色的死光頻頻發射，敵人們也非等閒之輩，俐落敏捷地閃躲。

伊利斯嘆了一口氣，無可奈何似地苦笑了一下道：「真拿妳沒辦法……」

隨後，伊利斯也亮出他的武器——「賈拉哈姆雙武」。

伊利斯不忘解說他的武器，像在炫耀寶物般道：

「妳知道嗎？賈拉哈姆在《可蘭經》中意指地獄，而我使用的這把雙節棍，有來自地獄的雙節棍之意。我心愛的賈拉哈姆本身夾帶黑暗的邪惡力量，被擊中者將宛如中了幾十噸的重物般疼痛。」

即使有傷在身，伊利斯一出手馬上就讓戰況更為激烈、明顯轉成占上風。

「你這麼厲害為何不早點出手啊！」

「我不喜歡麻煩。」

「哈啊？就因為這種理由你不出手？你比我想像中還懶啊！」

宮成茜一邊說，一邊繼續用手中的法杖發出死光，打退從旁而來的黑衣殺手。她實在不明白，明明願意花時間炫耀武器的人，竟然還會怕麻煩。

「與其討論我懶惰與否，先挑起戰端的妳還是先專心在戰鬥上，別說閒話了。」

「知道啦，這點用不著你對本小姐說！對了，你最好還是注意一下自己的身體狀況，別太勉強知道嗎！」

宮成茜不僅沒有放慢自身的攻擊，還加快放射死光的頻率，只是這樣一來同樣加快消耗她的體力。

她挺身戰鬥的初衷就是為了伊利斯身上傷口著想，假如在戰鬥期間反而讓傷口迸裂，對伊利斯而言就是雪上加霜了！

「我會注意的，妳放心……我僅僅只有使出全力的十分之一應戰而已。」

「哈，我想也是，感覺你的實力本就不該僅只僅只於此。」

雖然還笑得出來，宮成茜已感覺到自己的身體逐漸疲態，果然還是太勉強了嗎？

同時，後頭竟然出現更多追擊而來的黑衣殺手，敵眾我寡，又不能讓伊利斯大展身手，宮成茜真是越戰越吃力！

「可惡，他們到底有多少人？怎麼像小強一樣打也打不完啊！」

汗流浹背，體力被快速消磨的宮成茜氣喘吁吁，正當她不曉得該怎麼應戰下去之際——後方發射來一道極凍的寒氣，打退其中一名正要襲來的殺手！

宮成茜驚訝地回過頭，在這一瞬間她腦海裡只浮現一道熟悉的身影，即將脫口而出的呼喚亦是：

「月森哥！」

手持「冰河彼岸」的月森如王子般優雅登場，及時救援險些被襲的公主。

「茜，妳沒事吧？」

他一如既往溫柔地詢問。

宮成茜高興地直搖頭，同時也不忘手邊的防禦動作。

「謝謝月森哥，我很好！」

「哈，要是我們再慢一步，妳的胸前可能就被鑽出一個洞了，宮成茜。」

另一道熟識的聲音傳來，伴隨一隻散發著熊熊火光的紙鶴，撲向打算從宮成茜左側切入偷襲的黑衣殺手！

驚險逃過一劫，宮成茜也對著朝自己方向迎面走來的第二道人身影喊：「那還真是感謝你啦，姚天師！」

「有時間謝我，不如多留意妳身邊竄出的敵人吧！我再怎麼厲害，也無法讓妳起死回生啊！」

「放心，不會有那一天的！」

宮成茜一個回身，直線放射而出的白色死光立刻穿過一名殺手胸膛！

她不甘示弱地對著月森和姚崇淵道：

「你們來救我，我感激不盡——但我宮成茜也非只會等待騎士來救的無用公主！」

宮成茜再次用手中的法杖用力地敲昏從後頭來襲之人，「我是能自己拯救自己的女武神！」

帥氣地打退敵人，宮成茜用行動宣告自己的強悍與立場，她不是那種硬著頭皮、咬著牙也要死命逞強到底的類型；她也並非那種弱不禁風、手無縛雞之力的公主病，她是能伸能屈的女丈夫，歡迎奧援卻也絕非等閒之輩！

「真不知為什麼，明明很中二，卻好像有點帥氣啊這女人……」

「難得跟你有同感，姚崇淵。」

月森回應完後，姚崇淵一邊持續用紙鶴發動攻擊，一邊頻頻觀察戰鬥中的宮成茜，又忙著開口道：「月森，話說回來宮成茜那女人這麼拚命，是在保護她後方那名長得凶神惡煞的惡魔嗎？」

「那名惡魔——」

月森將注意力從宮成茜身上轉移到她身後之人，當即睜大了眼睛。

「怎麼了？那傢伙是何方神聖，能讓你這冰山王子震驚成這樣？」

「那名惡魔……是阿斯莫德身旁的好友，前『神之代理人』伊利斯！為何茜會碰上他？追殺他們的這群人……是追殺伊利斯而來？」

「哈啊？那女人遇到這麼不得了的人？而且還是跟阿斯莫德有關……看來這群殺手的背後不單純！」

在姚崇淵與月森加入戰局後，混戰的結果，最終是宮成茜這邊勝出——單靠人海戰術的殺手群，明智地選擇撤退。

宮成茜累得彎下腰來，雙手撐在膝蓋上：「呼……終於將這群討人厭的蒼蠅趕走了……」

月森走上前輕拍宮成茜的肩膀：「茜，妳辛苦了。」

姚崇淵則走到宮成茜的面前，雙手抱胸：「唉呀，要不是本天師即時透過紙鶴找到妳的下落，還不曉得妳能不能撐到現在呢。」

「姚崇淵，你少講一句會讓你吃不到今晚的狗罐頭嗎？」

「你這臭臉冰山有種再講一次！」

眼看這兩人又要吵起來，儘管幾乎快沒有力氣，宮成茜還是用殘餘的體力喊話：「你們可不可以讓我安靜一下！」

月森和姚崇淵終於暫且停火，兩人互相別過頭不看對方。宮成茜實在覺得頭疼，這兩人之間的火藥味真是一天比一天還重啊……

伊利斯走到宮成茜身邊低聲道：「這兩人是妳的朋友吧？看來妳的處境還真令人同情。」

宮成茜搖搖頭嘆口氣：「你知道就好，就某種程度來說，就像隨身帶了一座火藥庫一樣……不過，也正是有他們倆，我們才能死裡逃生不是嗎？」

伊利斯點了點頭。「是啊，我確實得向他們好好道謝。但在此之前……」

話還未說完，他一手抱著右腹部的傷口，面向宮成茜，突然單膝下跪。

宮成茜吃了一驚，雙頰感覺到一片溫熱，慌忙地道：「伊利斯，你、你在幹什麼啊？」

不止宮成茜，月森與姚崇淵也全看傻了眼。

伊利斯不慌不忙地道：「宮成茜小姐，妳的救命之恩，我永遠銘記在心……一共救了我兩次的妳，我無以為報，只能——」他深吸一口氣，「只能以身相許，願為妳做任何事，伴隨左右。」

宮成茜不敢相信自己聽到了什麼。對自己立下誓言的男人，一名墮天使，更是一名惡魔，臣服跪在自己的跟前，宣示效忠。

她從沒想過，自己這趟地獄行不止有亡魂跟隨、天師伴同……現在又將多一名惡魔伙伴！

宮成茜心跳莫名地加快，這種彷彿像是戀愛的感覺是怎麼回事……不對啊，她怎麼可能會跟一名惡魔戀愛！

況且還是一個相處不到二十四小時的對象！

恐怕是昏頭了吧？

一定是歷經方才的戰鬥太過疲累，累得連腦袋思考運轉的機制都停擺了，不然怎會有這樣的錯覺……清醒點，宮成茜！

此刻，心裡一陣百感交雜的人不單是宮成茜，月森和姚崇淵的內心也受到一陣衝擊。

月森率先發出宣言：「茜，不能相信惡魔！況且他還曾是受到神懲罰而被降格的墮天使！」

姚崇淵接著跟進：「喂喂，妳胃口沒這麼好吧？連惡魔都吞得下？」

「什麼叫我胃口沒那麼好啊……不是那麼一回事吧！」已經夠心煩意亂的宮成茜沒好氣地回嘴。

「我不在乎他們怎麼說……我只聽妳的答覆，宮成茜。」

「這個嘛……」

宮成茜嚥下一口口水，向來能言善道的自己，沒想到回答一個問題竟會如此困難，由其當著月森與姚崇淵的面前，她更不曉得怎樣答覆才能讓所有人同意或妥協。

雖說多一個伙伴好像沒什麼不好……可是和伊利斯之間的關係也變化太快，加上月森和姚崇淵反對得這麼明顯，她該如何是好？

看出宮成茜的猶豫不絕，伊利斯維持單膝下跪的姿勢，輕輕地牽起她的手，用醇厚低沉的嗓音道：「如果妳無法作出決定，那就讓我為妳決定吧——我，伊利斯，自願伴隨在宮成茜小姐的左右，誓約從此刻生效。」

「自願？等一下！宮成茜還沒答應，你就先擅自替她決定是哪招？我絕對不會認同！」

姚崇淵激動地指著伊利斯，堅決地喊話。

「我也是，茜的身邊沒有你的位子。」

月森同樣雙手抱胸，冷眼瞪向尚未起身的伊利斯。

「我說過，我不在乎你們兩人怎麼想。只要我所效忠的對象沒有反對，從今以後我就是會跟隨在她身邊，僅此而已。」

相較月森和姚崇淵的緊繃與激烈反應，伊利斯淡然以對，更顯好整以暇。

「喂！宮成茜妳也說說話啊！妳這當事人到底在想什麼，就因為妳都不發言才會讓這傢伙擅自主張成這樣！」

姚崇淵回過頭去指向宮成茜大喊。

「咳，事情既然如此，那就先這樣照辦吧？反正我們現在多一個人手，以後遇到危險或敵人時不也多個幫手？」

宮成茜嘴角撐起尷尬地笑，試圖要把問題的重心拉到現實層面，她單純地想或許用這樣的方式可以說服月森和姚崇淵。

「唔，妳這樣說好像沒錯，可是……」

姚崇淵一時間不知該如何接話下去。他咬著大拇指，陷入沉思。

「茜，妳說的或許沒錯，但妳想想，這次的敵人並非我們造成……而是追殺伊利斯而來的不是嗎？」

相較之下，較為理性，大概智商也比姚崇淵高的月森，再次提出反駁的論點。

「呃，話是這樣說沒錯，可是……」

「沒有可是，因為你們救了我，況且同樣是被別西卜盯上的人，我們早已在同一條船上了。」宮成茜話還沒說完，伊利斯便插嘴打斷道。

「你這話是什麼意思？」

姚崇淵眉頭微蹙，質問伊利斯。

「就是字面上的意思——追殺我的人馬隸屬於別西卜，你們本就和別西卜有所過節，再加上成茜搭救我的緣故，你們的處境基本上與我沒有兩樣了。」

伊利斯語氣平靜地回答。

「原來是這麼回事，盤算得可真細啊，伊利斯。真不愧是惡魔呢！」姚崇淵搖搖頭，反諷道。

月森陷了入沉默。他不是不反對，而是也在思考伊利斯所言……確實，他們已經同在一艘船上了。就算把伊利斯推開，也無法改變眼前的事實。

「所以我才說，多一個幫手也算對我們有利呀。」

宮成茜拍拍姚崇淵與月森的肩膀，這下大概結果已定。儘管她完全沒料到，原以為只是兄弟鬩牆，實際上竟是捲入惡魔之間的派系鬥爭……她宮成茜的際遇能夠再輕小說化一點嗎？

不能因為她是輕小說作家，就讓她頻頻遇到小說裡的情節啊！

至於伊利斯的去留，坦白講她也沒想過要趕他走，本來就有些搖擺不定的心態，現在也總算是定下心來。

「伊利斯，那麼往後就請多多指教。前提是，你得先把傷給養好，才能發揮完整的戰力！」

宮成茜轉身走向伊利斯，正色地對著他宣告。

伊利斯嘴角挑起一笑。這還是打從相遇以來第一次見到他笑，不然都只會看到板起的臉孔與殺氣。

伊利斯的笑，出乎宮成茜意外地迷人。

「哼，就算宮成茜答應你加入，本天師還是會隨時檢測你是否有邪惡念頭！」

「有邪惡念頭的人明明是你，不是嗎？」宮成茜馬上吐槽。

「伊利斯，我敬重你身為地獄官吏的身分，但是……茜的人身安全，由我守護！」

月森認真地立下誓詞，他絕不允許任何人傷害或企圖對茜不軌。

「你怎麼不想想自己也有前科……」

宮成茜同樣吐槽了月森。她又不是那種需要男人保護的類型，況且說要保護她的兩人偏偏都有犯罪紀錄！

伊利斯向宮成茜等人伸出手，對著剛誕生的伙伴們道：「請多指教，這趟地獄行的未來，我們將一同攜手作戰。」

第五章

墮天使伊利斯

Tuning Demon Project

為了替伊利斯養傷，同時也是需要好好休息養精蓄銳的宮成茜一夥人，在伊利斯的推薦下，住進一棟別所之中。

比起命運之輪主題樂園，這棟別所更靠近阿斯莫德的宅邸，根據大夥討論的結果，現在前去阿斯莫德的宅邸路上，肯定有很大的機率會再遇襲……雖然不曉得別西卜那邊是怎麼盤算，宮成茜認為還是先暫緩腳步，好好讓伊利斯養傷再啟程。

伊利斯表示，這棟別所是他同樣身為惡魔的好友所提供，對方正在遠遊中，屋子空下來也沒別的用處，不如就讓有需要的朋友使用。恰好，地理位置又在阿斯莫德的宅邸附近，伊利斯認為這裡是非常理想的暫時休息之處。

「終於能夠好好喘口氣了……」

別所豪華又寬敞，除了沒有服務人員或女僕，這裡應有盡有，美好得不像身處地獄。

趁著休養的期間，宮成茜也沒有忘卻自己來到地獄的本分——撰寫一部關於地獄的輕小說。

為了阿斯莫德，她告訴自己必須更加努力地寫稿，縱使靈感缺乏使得每擠出一個字都是一種痛苦……她仍試著完成將近千字的篇幅進度。

她將這陣子遭遇到的危機，包含設定了一名大反派就叫別西卜，都透過文字濃縮在文章之中。

甚至，不知不覺，宮成茜也把對阿斯莫德的想念寫進小說。

她本人毫無查覺，筆墨卻充滿了感情，不經意之下寫出了大概是目前為止最富情感的一段。

精疲力盡的宮成茜，拿起沐浴用品，起身前往自己房間外頭的浴室，打算好好梳洗一番，洗去連日累積的勞累。

唰一聲，她直接推開浴室的門扉。

「啊。」

宮成茜傻眼地站在門前。

「真沒想到妳有偷窺人洗澡的癖好呢。」

「是你門沒上鎖的問題吧！」

宮成茜氣得回吼。

這個伊利斯，要洗澡也不好好鎖上門，害她毫無防備地看到這麼驚人的一幕！

——伊利斯近乎全裸地映入宮成茜的眼簾之中！

「所以，這是我的問題？」

伊利斯臉色一沉，殺氣再度散發，強大的壓迫感立刻讓宮成茜馬上敗陣下來。

「我、我沒那個意思啦……」

宮成茜嘟起嘴，撇開視線，她真搞不懂自己怎會對伊利斯如此沒輒？

好像這傢伙就是她天生的剋星。

「既然如此，那就一起進來洗吧。」

伊利斯招了招手，說得稀鬆平常，好似完全不在意自身的狀況很不一般！

「哈啊？你沒開玩笑吧！」

宮成茜倒抽一口氣，她剛剛沒聽錯話嗎？

伊利斯叫自己進去一起洗澡……這種話她一定是聽錯了！

「我的臉像是在開玩笑嗎？」

伊利斯的臉色非常嚴肅。

嚴肅得讓宮成茜只差沒即刻跪拜下來喊「老大我錯了」。

「一、一點也不像在開玩笑……可是！」

「沒有可是，進來。」

伊利斯再次下令，這回口吻明顯強硬許多。

本就懾服在伊利斯氣魄之下的宮成茜，這下更是無法抗拒，縱使雙腿僵硬地不願踏入澡堂，她還是嚥下一口口水，乖乖地走進伊利斯所處之地。

「聽話的好女孩。」

伊利斯注視著宮成茜一步步走進浴室之內，隨後他以自身的惡魔之力，咻一聲從遠端遙控關起門扉。

喀擦。

上鎖的聲響清脆地傳進宮成茜與伊利斯耳中。

伊利斯嘴角微挑道：「這次，我有好好地上鎖了，成茜。」

「唔！」

什麼時候不把門上鎖，專挑她走入之後才做，這意圖明顯得如司馬昭之心呀！

「伊利斯，先給我聽好哦，我是不會跟你在這裡一起沐浴的。」

冒著可能被對方冷瞪的風險，宮成茜不知鼓起多少勇氣才說出這句話。

還有，這世界上叫過她成茜的人屈指可數，為何她偏偏不討厭這傢伙這般稱呼自己？

一定是錯覺，她絕對不會如此輕易接受這個男人……就算這傢伙可能是她的剋星也不能退卻！

「嗯，真有勇氣，已經習慣我的長相嗎了？」

伊利斯點了點頭，用著像是稱讚卻又帶點質疑的口吻回問。

「習不習慣是另回事……正常來說怎麼可能在這種情況下和你一起洗澡啊！」

宮成茜雙拳緊握，認真地道。

「如果不是正常情況就可以嗎？」

「話不是這麼說的吧……！」

宮成茜還沒把話說完，赫見本來坐在遠處浴缸前的伊利斯站起身，光裸的背部與臀部全進入眼中，一覽無遺。

這、這算什麼？

色誘嗎？

堂堂惡魔居然也用色誘之術？

等等，既然是惡魔用色誘之術好像更光明正大有理由啊……不對，現在不是想這的時候，宮成茜！

她的目光直直地落在伊利斯身上，遇到這麼好康養眼的畫面，既然對方主動送上門，她當然是要看得過癮！

「成茜，鼻孔都在噴氣了哦？」

伊利斯顯然注意到宮成茜血脈賁張。

「咳，你如果不轉過來的話我大概還可以撐住……」

宮成茜答非所問，不過伊利斯倒也聽出她的箇中之意。她大概是看得太過刺激，腦袋有些暈眩了，才會回答出像這樣的話來。

「那麼，言下之意是……」

伊利斯突然轉過身來，殺得宮成茜一個措手不及——好在浴室內的蒸騰熱氣梟裊，半遮半掩、若有若無地遮住宮成茜最不該看到的部位。

「伊、伊利斯！你這樣太過分了哦！但我也把話說清楚，是你自己要給我看的，之後可、可別怪我把你看光光哦！」

宮成茜舌頭頻頻打結，實在是眼前的畫面太過令人腦袋充血，她只覺得兩頰熱烘烘，就連呼吸也變得急促。

看看伊利斯性感迷人的鎖骨，寬廣結實的黑巧克力色胸膛，還有那肌肉曲線分明、勾勒出完美體態的腹部……若不去看仍被白色繃帶纏住的傷口，那真是讓所有女性都會垂涎三尺的體態！

「我是那種會計較的惡魔嗎？況且……」

伊利斯往前跨出一步，「是我，主動誘惑妳的呀。」

這一刻，宮成茜的心臟不爭氣地狠狠漏了一拍。

眼看伊利斯朝自己越來越靠近，宮成茜下意識地往後退，耳邊的心跳聲宛若擂鼓。

再這樣下去，會淪陷的！

伊利斯挾帶本身充滿壓迫性的氣勢與存在感，讓宮成茜更不知該如何應對，他最後來到宮成茜的跟前，赤裸裸的胸膛湊近，壓低嗓音道：「妳的味道……應該有人跟妳說過非常危險吧？」

宮成茜倒抽一口氣，經伊利斯這麼說，她猛然想起月森曾提過的事——她身為活人的味道，對地獄裡的任何雄性而言都十分具有魅惑力。

難不成，伊利斯也受她這種特殊氣味影響……？

「就算有人說過，那又如何？」

宮成茜抬起頭來看向貼近自己的伊利斯。她完全不敢轉頭或低頭亂看，就怕瞄到不該看之處。

「既然如此，那妳應該很清楚我的意思……」

伊利斯咚的一聲將她推到牆壁前，高大的身軀完全擋住去路。

宮成茜赫然一驚，這不就是傳說中的壁咚嗎！

況且，她才不想清楚伊利斯的意思！

絕對很危險，保證很危險，一定很危險啊啊啊！

「成茜，妳明白接下來的地獄之路不好走吧？」伊利斯話鋒一轉。

「與其將自己託付給亡魂與半吊子天師……以妳的聰明才智，應該曉得怎樣的選擇才對自己最有利。」

伊利斯的呼吸灼熱，輕輕的，讓人覺得有些搔癢地吹在宮成茜臉上。像是在騷動蠱惑著宮成茜的心。搭配他那過分磁性的嗓音……每一句話都像致命的巧克力，慢慢地在宮成茜心中融化。

「選擇我——做我的女人吧，成茜。」

伊利斯抬起宮成茜的下巴，手指撥開散在她臉龐上的青絲，「我是個講信用的惡魔，只要妳跟了我……我會以最大的力量保護妳。」

「伊利斯……」

宮成茜愣愣地看著對方，眼神迷茫。在這種曖昧的氣氛下，面對這一句句蝕人心魄的話語，她怎能不昏頭？怎能不迷醉？

她眼簾低垂，微啟雙唇，似乎只要再過一秒就會吐出伊利斯想要的答案……

「成茜，選擇我，妳不會後悔的。」

伊利斯的溫柔催促再來，好聽的聲音就像具有催眠魔力，一聲聲都在軟化宮成茜的心防。

「伊利斯，我……」

宮成茜的兩頰嫣紅，音量微弱。伊利斯牽起她的一隻手，毫不猶豫就將她的掌心用力貼在自己胸口上。

「感受著我的體溫，感受著我的心跳……感受我為妳增高的熱度，感受我為妳瘋狂加快的心跳。」

「啊……」

透過手掌心，宮成茜真真切切地感受到伊利斯所言的一切。

原來，為自己而躁熱的溫度是這麼一回事。

原來，為自己而狂跳的心臟是這麼一回事。

然而，她沒有為此失去最後的理智。

「可是……你說要保護我，但目前為止都是我在為你而戰啊。」

「咳！」

伊利斯沒想到宮成茜會給他一記回馬槍，立刻像被自己的口水嗆著，表情有那麼一瞬間扭曲。

「那是因為特殊情況……之後不會這樣了。」

他抹了抹鼻頭，心虛地別開視線。

「那你要我如何相信呢？」宮成茜趁勝追擊。

「不愧是我看中的女人，很聰明。」

伊利斯莞爾一笑，平時繃緊嚴肅又充滿殺氣的臉孔，瞬間柔和許多。

宮成茜才不會告訴他自己很喜歡他的笑容。

「我現在無法告訴妳答案……但是我的傷養好之後，或許在我們出發去阿斯莫德宅邸的路上就能證明給妳看。」

伊利斯沒有用其他冠冕堂皇的理由，而是選擇最直接誠實的方式。

宮成茜聳了聳肩，其實她本就沒有要為難對方的意思，她也曉得伊利斯帶傷在身，本就很難展現實力。然而，即使在這種劣等的條件下，當時與黑衣殺手對戰，伊利斯仍表現出超乎水準的戰力。

說實在的，她只是在為自己此刻被調情的情況找個開脫藉口。

「這樣吧，看來現在我是無法說服妳成為我的女人……對於妳的香味，我只能強忍想將妳納為己有的衝動。畢竟，我可是惡魔，有格調的惡魔，比起亡魂與人類，我更曾是尊貴的天使。」

伊利斯鬆開壓在牆壁上的手，挪開身子，讓出空間放宮成茜自由。

宮成茜從縫隙中鑽出，心臟也終於不再跳得那般快速、快讓她喘不過氣，老實說只差一點點，她就快被伊利斯的魅力所折服。

目前為止，在地獄裡遇上不少英俊挺拔的惡魔與亡靈……伊利斯以外形來說算是最符合她胃口的類型。

好在自己的理性仍奮戰到最後一刻，否則要是在剛剛一個不小心答應了對方……在這只有兩人獨處的澡堂裡還真不知道要發生什麼事。

宮成茜看著伊利斯轉過身，走回放滿熱水的浴缸前，緩緩地進到裡頭，將身子慢慢地沉浸在熱氣蒸騰的水中。

伊利斯泡在水裡時的表情，比平時放鬆很多，不知是泡澡本身就讓人愉快，還是另有原因？

懷著一種好奇心殺死貓的心態，宮成茜便開口問：「伊利斯，你很喜歡泡澡？」

「與其說是喜歡泡澡，不如說是我必須這麼做。」

伊利斯將雙手撐開放到浴缸的邊緣上，仰著頭，讓自己枕在後方的臺階上。從他此刻回答的聲音判斷，放鬆之餘還有些莫可奈何的感覺。

宮成茜更為納悶地追問：「必須這麼做的原因是……方便透露嗎？」

「沒什麼不方便透露的……因為是妳，我想占為己有的女人，妳遲早都該了解我，讓妳早些知道也無妨。」

伊利斯原先閉上的雙眼睜開，稍稍轉過頭來看向站在一旁的宮成茜，「別站在那裡像個木頭人，我可沒有罰妳立正站好。來，坐在我面前聽我說一個故事吧。」

宮成茜不疑有他，況且經過剛才的壁咚，她的雙腿也有些不爭氣地鬆軟無力，她找個靠近伊利斯的好位置後，毫不猶豫地坐了下來。

「說吧，我想知道。」

宮成茜一手托著下巴，作足打算聆聽對方娓娓道來的姿態，好似已經忘記自己最初進入浴室裡的目的。

不過這樣也好，她是個作家，又得寫出一部關於地獄百態的輕小說，多方面聽取故事也是不錯的取材。

就像展開一千零一夜般的故事，在深夜時分，窗外星空迷人，以及水氣氤氳蒸騰下，伊利斯用他如美酒般芳醇的嗓音，向宮成茜說出專屬於他的故事……

伊利斯，不只是曾經的高階天使、現任路西法底下的誘惑使徒，身上更流有一半的巨人族之血。為了維持正常人的體型，長期壓抑著巨人族的基因，身體骨頭長期壓抑之下，每日其實都背負宛若骨折的痛楚。可是關於這點伊利斯從未向人提起，堅強地撐著。

「舒緩這種疼痛的方式，就是像這樣，泡在溫熱的水中。雖然只是短暫性地得到舒緩，也總比什麼都沒有好。」

伊利斯緩緩道來，聽在宮成茜耳裡則另一種感覺。

「沒想到你看起來那麼冷酷，實際上時時刻刻都在忍受著這種疼痛……」宮成茜眼簾低垂，語氣帶點同情。

「成茜，妳的溫柔我心領了。」

伊利斯撈起一灘水，冷不防朝宮成茜潑去。

「哇啊！你做什麼！」

宮成茜身上的襯衫都濕了，底下的肌膚若隱若現，帶著撩人的風情。

「為什麼呢？大概是想看妳如此性感迷人的模樣吧。」

伊利斯從容地回答宮成茜的咆哮。

「真是的！我坐到這裡來是為了聽你說故事，而不是被你潑得一身濕！」

宮成茜雙拳緊握，「再這樣下去我就走人了！」

「別走。」伊利斯及時拉住宮成茜，「再聽我把故事說完吧，或者，妳有想知道的事情嗎？」

宮成茜想了一下。「唔……告訴我，你為何非得壓抑巨人的基因？」

其實，一開始聽到伊利斯擁有巨人族的基因，她相當訝異。不過，這大概就能解釋，為何伊利斯比她看到的惡魔或亡靈還要來得高大。

「為何要壓制巨人族的基因……因為巨人族無論在天界或地獄，皆像次等公民，巨人族自泰坦之戰慘敗後，就被後世之人貼上力大無窮的愚蠢種族標籤。」

伊利斯正色地道：「我的自尊心，不容許這樣的事發生在自己身上。」

「自尊心使然嗎……」

宮成茜眼簾低垂，不禁覺得被自尊心束縛的伊利斯有些可悲。這一點，宮成茜同樣聯想到了自己，在來到地獄之前，為了作者的名氣與自尊，和那不允許被人超越的心，和伊利斯的心態有著相似之處。

「我寧可忍受這種痛苦，至少是肉體上的疼痛……久了就會習慣些，在泡澡時還能舒緩點……」

伊利斯停頓一下後，接續道：「然而，心理上的痛苦與反抗，是怎樣都舒緩不了。倘若我就這麼承認放任自己的巨人族基因，背負著眾人對我認定的印象……對我而言那是絕對、一刻也無法忍受的事！」

伊利斯一邊說，抓在宮成西身上的手下意識地使力。

「痛！」宮成茜眉頭一皺。

「啊，抱歉……我弄疼妳了嗎？」伊利斯這才回過神來，立刻鬆開手。

「當然痛啦……只是，我也明白你不是故意的。」

宮成茜按摩著被伊利斯抓疼的手臂，「我只是想問，忍受著身體的痛苦，這樣一直忍受下去，會有終止的一天嗎？」

在宮成茜的腦海裡，對這個問題，其實早有一個隱約的答案。

答案——是否定的。

在地獄裡的惡魔、前墮天使，正常來說應當沒有性命終止的一天，那麼這份永遠都扎根在體內的巨人族基因，不也沒有擺脫的一天嗎？

很快地，宮成茜的想法便得到了證實。

「沒有終止的那一天，除非我的魂魄全都散去，才有可能真正得到解脫吧。」

「這麼說來你不就想要自殺！」

宮成茜驚呼一聲。她從沒聽過惡魔也會想自殺，但誰知道眼前這名惡魔會不會就成為先例！

「妳該說是單純還是天真？或其實是身為小說家的想像力豐富？妳聽過惡魔甚至墮天使自殺的案例嗎？」

「嗚……」

果然，馬上遭到伊利斯吐槽了。

「我這樣的身分，就算想自殺，也是件麻煩事。只要魂魄還在，經過一段時間，或許是很長的一段時間，被破壞的身軀仍會重新生長，仍然會困住我的靈魂。」

伊利斯語重心長地道：「況且在重新生長肉體時會無比痛苦，比起現在忍受巨人族基因帶來的疼痛更加嚴重。這也是為什麼，從未出現過惡魔自殺或自殘這類的案例。」

「原來是這麼回事……多虧你，我又學到了新知識啊……」

宮成茜點了點頭，心想經過這一趟地獄行，她該寫的其實不是地獄輕小說，而是地獄百科全書知識全集吧？

「那麼，既然你需要靠泡澡來減緩疼痛，我就不在這裡吵你了……」

宮成茜抱著原本帶來的換洗衣物準備離開，趕快回房更換衣物。

只是她才轉身，伊利斯又從後頭拉住她的手，「我不介意與妳一起泡澡。如果妳願意在我旁邊，疼痛就會舒緩得更多。」

「但我介意！」

宮成茜用力甩開伊利斯的手。她只想回房換個衣服，為何阻礙重重啊！

「那麼……」

原以為伊利斯終於願意放她走時，下一秒，她的臉頰就被一雙溫暖而帶點粗糙的手捧起，拇指則將她的下巴挑起。

「至少給我一個吻餞別吧——」

突如其來的吻，輕輕地掠過宮成茜的雙唇。

那一瞬間，她只感覺到柔嫩的觸覺掃過，和微微冰涼的溫度……方才，是伊利斯吻了自己嗎？

她眨了眨眼，一時間僵在原地，腦袋裡好似打結，什麼都運轉不過來。

直到伊利斯用那張魔魅英俊的臉孔，向她綻放微微一笑，宮成茜這才回過神來。

「你……你這傢伙居然偷襲我！」

宮成茜兩頰迅速漲紅，直指著面前仍壞心笑著的始作俑者。

「有這回事嗎?我本來就是一名惡魔,做點心機的行為應該也不為過。更何況……」

他將自己的臉湊近,壓低嗓音:「是妳這副濕身的模樣太過誘人,怎能怪我呢?僅僅只奪得一個吻,對妳算是很客氣了。」

「什、什麼濕身!會濕身還不是你害的!我不管了,伊利斯,你跟我的梁子結大了!」

宮成茜把浴巾往他的方向一丟,趁著對方反應不過來時趕緊開溜。

全身濕透的狀態下跑回自己的房間,路上都是她所滴下的水漬。回到房間,她做的第一件事就是關門、上鎖,反過身來倚靠在門板上喘著氣。

「伊利斯那傢伙……真是一刻也不能在他面前鬆懈!」

用手臂擦了擦自己的嘴唇,腦海卻反常地盤旋當時的觸感……甚至想起更多的細節,比如香氣,伊利斯靠近時的芬芳;比如眼神,伊利斯當時注視著自己的深情目光。

雙唇印上來的滋味,帶著沐浴乳的香氣,以及柔嫩如花瓣的觸感……

宮成茜的兩頰，不禁再度熱了起來。

當驚慌的感覺退去後，回想起的內容反而更讓宮成茜心跳加速，腦子裡一片熱烘烘。

「停下來啊宮成茜，不要再想下去了！」

她抱緊自己的頭，緊閉雙眼。

「地獄裡的惡魔——果然沒一個安好心眼！」

現在，宮成茜只得拿出毛巾，盡可能把自己擦乾與換裝……只要伊利斯還在浴室，她就沒有踏進浴室的可能！

第六章

四人行必有爭寵焉

Tuning Demon Project

隔日清晨，宮成茜一行人正在用早膳，他們沒有休息太久，一大清早便從溫暖的被窩中爬出、梳洗，最後聚集在這棟別所的餐廳裡。

然而，今日早餐的氣氛格外凝重。

「伊利斯，你到底對茜做了什麼？」

月森將整隻鐵湯匙立在桌上，規律地敲擊桌面，發出冷冰且肅殺的敲擊聲。搭配他那顯然在審問的口氣、冷冽的神情，不禁讓宮成茜看得直冒冷汗。

縱使她不是被月森質問的對象——但她也是事主之一啊！

「嗯？伊利斯和宮成茜發生過什麼事嗎？我怎麼都不知道！」

剛剛大口吃下一整塊鬆餅的姚崇淵，訝異地睜大雙眼，嘴邊還殘留鬆餅的殘渣。

宮成茜認真覺得，如果這個時候的月森跟姚崇淵一樣單純就好了……不對，應該是月森哥太敏銳吧？

他到底是怎麼查覺到的啊！

根本超越人類的境界吧！

「什麼事也沒發生啊。對吧，成茜？」伊利斯回過頭來，神情自若地問。

「哈啊？是、是呀……」

宮成茜愣愣地回答，但心裡更想對伊利斯大喊：「拜託不要叫我成茜！這樣會讓情況陷入更不利的局面啊！」

「哦……我也看出有問題了，宮成茜的反應怎麼看都不對勁。而且才認識幾天就叫成茜？伊利斯，你這傢伙該不會偷跑吧？」

姚崇淵的雙眼瞇成一條線，狐疑地盯著伊利斯。

「伊利斯，你敢再在我面前叫一次成茜，我會讓你嘗到被冰寒凍骨的滋味。」

月森的臉色變得更具殺氣，手中的鐵湯匙也被他慢慢凹成彎曲狀。

「成茜，月森的占有欲真強呢，如果繼續和他來往下去，真不曉得妳會受到怎樣的傷害。」

「啪嘰！」

月森手中的湯匙應聲折斷。

宮成茜吃了一驚——嗚哇，月森哥！你這樣好嚇人！

她得先想辦法制止伊利斯繼續這樣胡言亂語下去才行！

「咳！伊利斯，你不是說好要告訴我關於別西卜與阿斯莫德的派系問題嗎？現在總該讓我們了解情況吧？」

抱持著趕快轉移話題的心態，宮成茜話鋒一轉，僵著笑臉問伊利斯。

「有嗎？我們昨晚有說好要談論這件事？我們不是在浴……」

「有啊！伊利斯你真健忘！說好的事怎麼忘了呢？」

宮成茜在桌底下狠狠地踢了對方一腳。

伊利斯絕對是想引發戰爭，絕對！

伊利斯沉思了一下，終於恢復平常嚴肅的口吻道：「既然成茜妳都這麼說了，好吧，的確也該讓你們了解目前處境。」

對宮成茜而言，聽到這句話真是謝天謝地，伊利斯終於不再製造導火線了！

「今日，各位都知曉是要前往阿斯莫德的住處吧？」

伊利斯這麼問時，大夥紛紛點了點頭，氣氛終於不再那般劍拔弩張，取而代之是一股肅穆。

「那麼，就更該清楚目前的局勢——地獄，比你們預期的還要複雜。」

宮成茜在旁聽到這句話不禁嚥下一口口水。她想，這趟地獄行是否從此刻開始，再也不是單純的取材寫作與找回靈感之旅，而是自此捲入權力的風暴？

雖然早有萌生這樣的念頭，可是如此確切地認知到，目前為止這是第一次。

「先前已跟各位稍微提過，地獄目前雖由晨星・路西法大人主持，但底下四大天王與號稱第二把交椅別西卜之間的角力，從未停過，檯面下的拉踞已經進行持續百年。」

伊利斯沉著一張臉，本就肅殺的臉孔，看起來更加讓人畏懼。

「四大天王中，以阿斯莫德為主的派別，是親路西法派。換句話說，支持路西法的人通常也都站在阿斯莫德這邊，像是我這類的二等惡魔，不少人都是這一派。」

「簡單來說，就是黨政之爭，一邊是忠臣派，一邊就是惡黨派囉？」姚崇淵聳了聳肩道。

「可以這麼說，不過用忠臣來稱呼我們惡魔，實在有些不合乎情理。應該說，我們這群支持路西法大人的惡魔，只是選擇了認為對自身比較有利的派系罷了。」

伊利斯正色回應姚崇淵的說法。

「那麼，別西卜的派系又是如何呢？」

宮成茜稍稍湊近，略顯著急地問。比起知道同陣營的情報，她更想了解敵對陣營的資訊，畢竟會加害他們的人是別西卜派啊！

「別西卜的派系……支持他們的人數，以明面上來說較少，但都是相當具有地位的一等惡魔。四大天王中，有三位都站在他那邊。」

「這麼說來，阿斯莫德在四大天王中不就是孤軍奮戰嗎？真是可憐，難怪看他臉上的皺紋一次比一次多……」

宮成茜搖了搖頭，想起阿斯莫德的臉孔，由其是那眼尾的皺紋，就不禁嘆息。

「妳搞錯重點了吧，宮成茜。」

姚崇淵眼神宛如死魚般吐槽道。

「以阿斯莫德的處境來說，確實有那麼一點孤軍的感覺。畢竟，就算大多數的二等惡魔支持他，一名天王或一等惡魔就能力壓好幾位二等惡魔。」

「不同階級的惡魔之間，力量懸殊這麼大？」

月森有些訝異，他在地獄裡也待了好一陣子，但身為亡魂，對於惡魔這一脈始終不是那麼了解。

「兩者之間的差距，大概就像是大江與小河之間的差別。」

「可是怕什麼呢？地獄裡最強的仍是路西法吧？只要路西法一出手，別西卜那群人又能怎樣？」

姚崇淵雙手一攤。

「你不明白地獄裡政治的運作，人類天師。不過這也不怪你，你是近期才來到地獄的吧。」伊利斯接續道：「雖然路西法大人的確擁有絕對強大的力量，但是在墮落地獄前，天神在他身上下了束縛，使他沒辦法完全使出全部的力量。」

「天神這麼做，是為了避免當初的反叛戰爭重演？」

宮成茜多少聽過路西法背叛天堂、率眾攻打的故事，便下如此猜測。

「不愧是我的成茜，還是這麼聰穎。」伊利斯原本嚴肅的神情一瞬間變得柔和起來，寵溺地對著宮成茜笑道。

只是他這麼一說，果然又馬上惹來月森與姚崇淵的不滿。

「月森，俗話說聯合次要敵人，對付主要敵人，你意下如何？」

「正有此意，雖然很不願與你聯手，但某名惡魔果真是惡魔，很不知恥啊。」

月森語氣中雖有一絲不甘願，卻也答應了姚崇淵的提議。

「我說你們，不要每次都扭曲話題好嗎？這樣我很困擾耶……」

搖了搖頭，宮成茜真不知怎麼說這群人才好，雖然被爭寵的感覺很……可是，選在認真討論事情的時候，怎樣都不合適吧！

「為了不讓成茜困擾，兩位還是別這麼小家子氣了。」

「伊利斯，會演變成這種局面還不是你害的！」

宮成茜這下火大了，她好想拿個東西塞住伊利斯的嘴啊啊啊——

「咳，我們還是回歸正傳吧，由於路西法大人受到限制無法使用全力，得知此事的別西卜派才敢坐大。」

伊利斯喝了一口桌上的黑咖啡，黑色香濃的液體中，隱約還飄盪著一條黑色尾巴……據宮成茜了解，那是蠑螈的尾巴，地獄的「當地人」似乎不少人喜愛這一味。

說什麼加了蠑螈尾巴的黑咖啡，就像麝香咖啡一樣好喝且珍貴……她完全無法理解究竟哪裡美味與珍貴了。

地獄的飲食風格，果真是超乎人世的想像。

「別西卜派的人，雖然沒有一個比路西法大人還強，可是在路西法大人力量受限的情況下，一旦他們聯手反叛，還是會對地獄造成動盪與傷害。」伊利斯鄭重地道。

「難道說，我們就沒有別的法子可以治別西卜他們嗎？」

宮成茜眉頭微蹙。

「以前阿斯莫德在時，雙方勉強勢均力敵，但我擔心阿斯莫德現在已落入別西卜手裡……情況很可能比我想的還糟糕，甚至別西卜一派的已經開始蠢蠢欲動。」

伊利斯又道：「當前最緊急的事，就是將阿斯莫德救回來，千萬不能讓別西卜得逞。」

「關於這點我很清楚。」宮成茜點了點頭。

其實，不管別西卜那邊的人如何——她都要救出阿斯莫德。

自己能夠活到現在、還能保有心跳與一口氣，全是阿斯莫德的功勞，全是那傢伙擅作主張、逞英雄保護她的結果。

雖然她一點也不希望對方對自己這麼做，明明是個惡魔卻變成英雄救美……等將那傢伙救出來後，她宮成茜絕對要當面狠狠地吐槽阿斯莫德才行！

「現在，我們該怎麼做？直接殺回去阿斯莫德的宅邸？」

月森收拾好原先對伊利斯的怒意，重新回到冰山般的臉孔。

「雖然這方法相當危險，但看來目前也只有這個法子……對了。」伊利斯像是突然想到什麼，「上次追殺我的人，嚴格來說並非是別西卜底下的人，而是隸屬於與他同派的一等惡魔。」

「你怎麼辨別出不是別西卜底下的人？」姚崇淵追問道。

「我後來回想了一下，當天追殺我的人身上有一條紅色項鍊……那是四大天王之一，貝力亞魯（Belial）的徽記。只有他的人，才會人人佩戴一條紅色項鍊，那是他們的行事作風。」

「這行事作風還真是有點愚蠢……這不就到處跟人宣告他們的身分嗎？」宮成茜不以為然地搖搖頭道。

「貝力亞魯是個極度自卑也自負的惡魔。他的名字，貝力亞魯之意，就是意指微不足道。」

「正所謂因為極自卑，所以才會用極端的自大來保護自己嗎……像這樣的惡魔，怎會選擇與別西卜同一陣營？」

月森提出了疑惑。

「我不清楚。就我個人猜測，別西卜身上似乎有貝力亞魯希望得到的某樣東西。」

「想要得到的東西啊……不外乎權力、錢財或女人吧？」姚崇淵用一種輕蔑的口吻道。

「四大天王，貝力亞魯嗎……」

宮成茜喃喃自語、低聲念了一次這個名字。

為了寫某部輕小說，她也涉略過關於惡魔與天使的資料，其中貝力亞魯便是她曾經差點拿來用的人物。

若她沒有記錯，貝力亞魯也是一名擁抱邪惡的墮天使，根據《哥林多後書》中的記載，貝力亞魯曾說過：「正和邪怎能合作？光明和黑暗怎能共存？基督和惡魔怎能協調？」如此充滿對立意識的話語。

貝力亞魯曾是力天使中重要的一員，然而墮入地獄後，卻成為萬魔當中最墮落的魔鬼。在墮天使的七大罪惡中，更是「怠惰」的代言人。

對於貝力亞魯，宮成茜所了解的僅此而已……然而，當她真正來到地獄後，才明白了一件事。

真正的地獄，不管是惡魔、亡魂，還是這裡的環境，其實都與人世的描述有很大差距。

好比以前的她絕對想不到，地獄之主路西法會是個超級嚴重的動漫宅一樣。

「總之，時間不等人，我們吃完早餐就快點出發吧！」宮成茜一邊說，一邊將盤子裡的鬆餅大口塞入嘴裡。

「我說宮成茜，妳好歹有點吃相吧……嘖，真不知道為何我會對妳這種沒形象的女人動心啊？」

姚崇淵撓了撓自己的後腦勺，無奈地嘆口氣。

「這就是你不懂得欣賞，看在我眼裡，茜這樣依然很可愛……就和我的保冷袋一樣，怎麼看都很惹人憐愛。」

「月森，我認真覺得你的腦袋該去精神科檢查一下比較好……啊，地獄裡有精神科嗎？」

姚崇淵有時真不知該如何吐槽月森，這傢伙的認知與正常人絕對有很大落差！

「嗯，吃飽了，各位準備出發！」宮成茜用手背擦了擦嘴邊的殘渣，振奮地站起身，精神十足地對著眾人道。

「真是拿這女人沒辦法，我就陪妳奮戰到底吧！」

姚崇淵跟著站起身，嘴角挑起一抹充滿帥勁的笑。

「只要是茜，我願意追隨到天涯海角。」

月森同樣邁開長腿，離開餐桌，用著他那張冰山王子般的俊美面容向宮成茜立誓。

「人類真是不可思議的生物……為了在喜愛之人面前增加好感，還真是什麼誓言都說得出。」

伊利斯嘴角微挑，用一種玩味的眼神盯著月森與姚崇淵。他也站起身，並突如其來地朝宮成茜一勾、環住她的肩膀。

「身為惡魔，至少在搶女人這方面上可不能輸，不是嗎？」

伊利斯勾緊宮成茜的肩膀，立刻引來另外兩人的怒罵。

至於宮成茜本人……

「啊啊，什麼都好啦……」

拜託，她的地獄桃花……不，是彼岸花能不能別再盛放了啊！

潛入阿斯莫德的宅邸計畫，正在執行中。

「我施法讓紙鶴先去探個路，等它回來通報現場情況如何。」姚崇淵壓低嗓音對著眾人道。

前往阿斯莫德宅底的路上，定有敵人的埋伏，如何順利地抵達目的地、確認阿斯莫德的下落，即是首要任務。

小心為上——是他們的戰略軸心。

因此，讓最不容易被發現的紙鶴，為眾人先行探路，是最穩妥的辦法。率先掌握敵人的動態與數量，對戰時才能有更多的準備。

對宮成茜一行人來說，這次的行動只能成功，不許失敗！

等待紙鶴回歸的這段期間，宮成茜一夥人躲在附近草叢內，這是由伊利斯所建議的藏身之處。

聲稱為阿斯莫德好友的他，了解阿斯莫德宅邸周圍的一切。也因此在地形形勢方面，他自認他們比起敵方更占上風。

躲在這茂密、比人還高的草叢內，宮成茜忍受著從未見過的奇怪蟲子在身邊飛行打轉。

難道她在地獄裡不止身邊有人形的「蒼蠅」纏繞，就連真正的蟲子也特別想接近自己嗎？

宮成茜最討厭的東西之一，就是會飛的蟲類！

天知道，她還要在這有飛蟲的草叢中躲多久！

好不容易，終於等到紙鶴飛回，宮成茜立刻流露喜出望外的神情。

「如何？紙鶴告訴你什麼？」

姚崇淵將紙鶴拿在手中，閉上雙眼感應一番。

「嗯……阿斯莫德的宅邸北方出入口有一票黑衣人埋伏，出入口的左右兩側也都有埋伏跡象……」

「換句話說，敵人打算用包夾的方式讓我們無法逃脫。」

月森直接說出他的判斷。

「這樣該怎麼辦？我們總不能飛蛾撲火吧？」

宮成茜聽了更是擔心，抬頭問向身旁的伊利斯。

「左右夾攻與包圍嗎……看來為了除掉我，他們下了很多人力呢，還真是榮幸啊。」

「現在不是覺得自己很厲害的時候了啦！伊利斯你快想想辦法！」

宮成茜沒好氣地翻了個白眼。

「別擔心……我已經想到法子了。若你們相信我的話，現在就照我的指示行動吧！」

「已經想到辦法了？」

有些意外地眨眨眼睛，不過到這種地步，宮成茜也只能相信伊利斯。

「說吧，我們現在也只能信你了……雖然相信一個惡魔的感覺的確挺讓人不安。」

姚崇面露糾結，擺明不是很甘願這麼做，可是他的想法和宮成茜一樣，心知他們沒有退路。

相較之下，月森還未出聲表態，他向來行事慎重，似乎想先聽伊利斯怎麼說再作打算。

「我的想法是，既然對方想要左右夾攻，採取包圍戰術……我們就用聲東擊西的方式，將他們的包圍網瓦解。」

當伊利斯用他那張比任何人都要來得肅穆的臉孔，以及帶點沙啞的語調說出這段話時，或許是因為外表給人的嚴肅感，宮成茜等人紛紛點頭，想接續聽下去。

「現在，我們分兩小隊，月森、姚崇淵你們從正門口直接進入，成茜則和我一起從左方切入，替你們先引開一部分的敵人。」

伊利斯又道：「同時，姚崇淵你必須用剛剛的法術……召喚出紙鶴跟在我身邊，隨時聽候我的指示。」

「等一下，為何茜要跟著你行動？你能確保茜的安全嗎？」

月森立刻反彈，口氣冷冽地質問。

「還真是以成茜的監護人自居哪……倘若連我都無法保護成茜，只是一介普通亡魂與二流天師的你們，又能做得多好？」

「哇，我真是躺著也中槍！」姚崇淵不甘示弱地道：「你這惡魔別欺人太甚！先前受了重傷還要人家救，你有什麼資格在這裡大放厥詞？」

「同意。」

月森呼應姚崇淵的話。自從伊利斯加入以後，他發現自己和姚崇淵之間的共鳴好像越來越多。

這讓他想起姚崇淵曾跟自己說過的話……聯合次要敵人，對付主要對手嗎？

「先前正是因為我被偷襲受傷，才無法發揮全力……這次，我會讓你們這些凡夫俗子看見我的厲害——我的尊嚴決不允許被你們小看！」

伊利斯的眼神瞬間變得銳利，平時就嚴厲的面孔，此刻更顯壓迫與威懾。就連本來持反對意見的月森與姚崇淵也不禁噤聲，倒抽口氣。

宮成茜在旁不禁搖了搖頭，心知月森和姚崇淵這下可是踩到伊利斯的底線了。擁有巨人族基因，卻因本身種族背負的惡名，伊利斯可是寧願讓自己長年忍受痛楚，也不許讓巨人族基因顯現出來的人啊！

想到這，對於不知情而踩到伊利斯地雷的兩人，她忍不住小聲地竊笑一下。

「說那麼多，總該行動了吧？」

宮成茜終於出聲，打破原先的僵局。

「那走吧，這次就照伊利斯的話行動……要是失敗，本天師可不會再相信這個惡魔！」

姚崇淵話音一落，率先往正門的方向前去。相較之下，月森仍躊躇停留在原地。

姚崇淵一把拉住對方。「喂，走囉，別再拖拖拉拉的，等一下敵人就會發現我們了！」

月森不情願地邁開長腿，踏出原先藏身的草叢。

「伊利斯……代替我保護好茜。要是茜有個三長兩短，我絕對會找你算帳！」

「還真是過度保護啊……」

伊利斯的嘴角微微扯了扯，隨後轉身牽起宮成茜的手，與對待他人不同的溫柔拉著她邁出。

「成茜，我會讓妳見識到前墮天使、神之代理人的實力——遇到危險或害怕的時候，就安心地躲在我的背後吧！」

聽見伊利斯這麼說，宮成茜內心雖然不免一番怦然心動，但她向來自尊心與好勝心強，又怎麼會接受被當成花瓶？

「那麼你該知道，我會躲在你背後的機會少之又少——我宮成茜不是手無縛雞之力的女人，我也能揮舞法杖戰鬥！」

宮成茜拿出她的「破壞F４紅外線」，琥珀色偏金的杖身，杖身上還有數條白色縱線，這把法杖似乎已對接下來的戰鬥躍躍欲試。

「伊利斯，你該對我說的話是……一起並肩作戰，一起翻越所有阻礙，用我們的這雙手！」

光。

領在前頭、搶先一步往前衛的同時，宮成茜面對發覺他們的敵人發射出破壞死

「真是有趣的女人，這麼有自信的妳我也不討厭就是。」

伊利斯同樣亮出他的「賈拉哈姆雙武」，有來自地獄的雙節棍之意的武器。

當黑衣人手持利刃衝來之際，他立即揮動雙節棍並道：「賈拉哈姆啊，為我開闢出一條通路吧！」

黑衣人竟頓時一愣，像是看到什麼驚奇的景象，恍神的剎那便被伊利斯用棍身重重一擊，當場打退到一旁去！

宮成茜注意到這一幕，除了意外，也困惑著剛剛那一瞬間究竟發生什麼事？黑衣人看見了什麼？為何讓他暫且停下所有動作……彷彿被迷惑了一般？

「好奇嗎？」

伊利斯的聲音從一旁傳來。

「是有點好奇啦……不過這該不會是商業機密吧？」

宮成茜再次用法杖擊昏從右突襲的敵人。

「如果是成茜想知道，就算是商業機密我也很樂意告訴妳。」

「好吧，那麼我想知道。」

想都沒想，宮成茜直接開門見山地答覆。

「還真是乾脆的回答，真不愧是我欣賞的女人，果斷乾脆。」

「呃，廢話可以別這麼多嗎？直接切入重點回答啦！」

宮成茜實在不懂為何來到地獄後，不管惡魔也好、亡魂也罷，甚至是靈魂出竅的某天師，講話都要這麼乙女向風格呢？

「妳看清楚了，成茜。」

伊利斯將手中賈拉哈姆對準一名黑衣人，「看清楚在我攻擊對方的時候，有什麼端倪。」

一邊說，他也貼心地先替宮成茜掃除周遭的敵人，並且以身擋在她的面前。趁著這段期間，伊利斯才能放心地讓宮成茜專注在問題的解答上，宮成茜也注意到這點，對於伊利斯的這份心意默默地銘記在心。

說不定，伊利斯正是一個外表凶狠，內心卻再溫柔不過的男人啊……

同時，宮成茜也將目光鎖定伊利斯與即將交手的黑衣人身上，只見黑衣人再次從伊利斯的斜前方俯衝而來、鋒利的劍刃一個改變方向，竟轉往伊利斯的腹部劃去！

「小心！」

宮成茜緊張地大喊一聲，然而就在這時，伊利斯不慌不忙地以賈拉哈姆置於身前，既沒阻擋對方進攻也無任何反擊。

以為自己下一秒就會見到濺血的畫面，想不到再一次的——原本要劃傷伊利斯的黑衣人又像失神一般，停下手邊的攻擊，握在手裡的利刃僵持在半空之中……就好像時間暫停！

「這到底是——」

宮成茜難以置信地睜大雙眼，轉頭一看，伊利斯已一棍將對方打退。

「還不明白嗎？」

伊利斯將雙棍扛在肩上，此刻看在宮成茜眼中，不知為何，伊利斯看來帥氣逼人。

「我的賈拉哈姆——具有讓人瞬間看到幻象的能力。」

此話一落，伊利斯再替宮成茜打退一名敵人，「賈哈拉姆能夠勾起對方心底深處最想要，又或者最害怕的事物，在三十秒內會相當逼真地植入他的腦海中。我便是趁這三十秒的時間，將敵人打倒。」

「居然有這種能耐……真不愧是惡魔的武器！」

宮成茜訝然不已。

轉眼之間，光靠伊利斯一人便快將這一帶的敵人清光。

相較之下，先前放話要與伊利斯並肩作戰，翻越所有阻礙的自己，好像顯得有些誇大其詞了。

而這時，她聽到了來自正門方向的叫聲。

「搞什麼啊！這裡也太多人了吧！」

姚崇淵的音色實在太好辨認，她回頭一看，正門處確實有為數眾多的黑衣人，幾乎連姚崇淵與月森的身影都看不到！

「喂喂，伊利斯，我們是不是要去幫他們一下？」

宮成茜有些擔心地看著姚崇淵等人的位置，不免替他們目前的處境捏了一把冷汗。

想不到伊利斯將周遭敵人全數打倒後，用理所當然的口吻回答：「幫忙？妳別忘了，我是一名惡魔，為什麼要做天使才會做的事？」

「這種節骨眼上你居然還在意自己的惡魔身分？我真是看錯你了！」

宮成茜還真是見識到什麼叫做惡魔了，果真有夠無良！

她一個掉頭就要往正門方向衝，伊利斯見狀趕緊將她攔下並道：「妳做什麼？現在妳一個人去的話可是送死！」

「但我也無法坐視不管！如果你不去，就算只有我一人，我也要去拚拚看！若沒有他們——我早就不會活到現在了！」

宮成茜一把推開伊利斯，硬是要往姚崇淵與月森所在而去。

「算我服了妳，我陪妳就是——但我有個建議。」

宮成茜停下腳步，回頭問：「你有什麼建議？要說就快，我怕他們撐不住！」

心急如焚，她問話的同時，目光還頻頻往正門口的方向看。

「我的建議是，妳先跟我到某個地方，我們就可以相對輕鬆地解決正門那邊的敵人。」

「哈啊？你這話是什麼意思，還要跟你到別的地方？」

宮成茜實在搞不明白對方胡蘆裡賣的是什麼藥，可是又有些在意伊利斯所說的輕鬆一詞……好吧，姑且耐住性子聽他怎麼講。

「阿斯莫德的宅邸可不是一般住家，如果妳想救妳的朋友，就跟我來一趟。我保證，很快就能改善他們的情況！」

伊利斯沒再多說，趁著宮成茜一臉茫然之際，拉住她的手往旁邊拖去。

「等、等等！伊利斯你要帶我去什麼地方！」

宮成茜想抽手反抗，無奈伊利斯的力氣比想像中還大，根本無法脫身。

一路上踉踉蹌蹌地來到一個小門後，伊利斯鬼鬼祟祟地查看四周，便將宮成茜拉進門。

「喂，你到底帶我到什麼地方！你不講清楚我是不會幫忙的，伊利斯！」用力地甩開對方的手，宮成茜略微憤怒地吼道。

「妳這種態度還真讓人有些火大呢……就算我再怎麼欣賞妳也有個底線。」

伊利斯用力地將宮成茜推到牆壁上，讓她的背部重重地撞上冰冷的壁面，正當宮成茜為了痛楚而發出悶哼時，伊利斯又將一手擋在她的身旁，按在牆上。

「聽好了，不許妳再用這種命令式的口吻對我——如果惹惱我，惡魔之怒可不是妳能承擔。」

平時便長相凶狠，真正動怒時更顯懾人，伊利斯的話令宮成茜不禁噤聲、膽顫地嚥下一口口水。

她真的忘了，自己面對的男人並非一般，而是不折不扣、貨真價實的惡魔！她怎能忘了如此重要的事？倘若這傢伙真想反過來傷害自己……那可是再簡單不過的事啊！

宮成茜深吸一口氣，用相較之前平緩許多的口吻道：「我明白了……但是，我還是想聽聽你帶我來這裡的理由。你說，這裡有可以改變正門那邊戰況的方法，究竟是什麼？」

「很好，這樣的態度就好多了。」

伊利斯嘴角微微上揚，同時也鬆開擋住她去路的手。

「這座小房間，是阿斯莫德他預留的一手。」

「預留的一手？什麼意思？」

宮成茜心想難道不能快點說明與趕快動作嗎？正門那邊的月森和姚崇淵可是還在辛苦奮戰！

「妳等著。」

話音落下，伊利斯四處張望了一會兒，沒多久便找到一個木製拉桿。

「喀啦。」

隨著聲響，伊利斯將拉桿使力一拉，緊接著，房間內出現有如滾輪轉動的巨響，以及像是引擎發動的聲音！

「這、這是什麼聲音？你做了什麼啊，伊利斯！」

訝然地睜大雙眼左顧右看，宮成茜顯然對於這道轟然作響的聲音有些驚慌。

「呵，現在我們出去一看究竟吧——妳很快就能得到想要的答案。」

伊利斯嘴角微挑，再次抓起宮成茜的手，往小房間外頭移動。

宮成茜雖心中仍有疑惑，還是跟著出去一看。一踏出房門，原先外頭的吵雜已消失，正當她納悶時，隨著往正門前進，她心底的疑慮烏雲這才消散。

「那些人呢？我是說，那些黑衣人呢？」

宮成茜訝異地眨了眨眼，原先與月森、姚崇淵纏鬥的黑衣人，不知為何全如人間蒸發般，消失得徹徹底底。

伊利斯嘴角勾起一笑，得意地答：「全都被清空了。」

「全被……清空了？什麼意思？麻煩你可以順道解釋阿斯莫德預留一手的那句話嗎？」

在這種特殊情況下，宮成茜只想把事情處理得越簡單越好，一頭霧水的感覺挺不好受。尤其被一名惡魔耍得團團轉時，讓她更不是滋味。

「剛剛帶妳進去的地方，是阿斯莫德預留的機關室。他早設想到總有一天會有人闖進自家造次，當初在設計宅邸時，便設置了多處的機關室以防萬一。」

伊利斯又說：「在我啟動機關後，正門這邊便瞬間展開結界，將所有敵人都消除。當然，為了這一刻，我事先讓姚崇淵的紙鶴跟著我，便是在啟動機關的前通知他，讓他與月森得以避開結界範圍。」

「原來你連這一步都想好了……」

看著伊利斯那張稜角分明的側臉，宮成茜有些意外，也覺得有些敬畏。敬佩的是，伊利斯的謀略比想像中還高；畏懼的是，這等聰明的傢伙是個惡魔，會不會哪天會發現這人其實都是在耍著自己？真正的敵人就潛伏在她身邊？

光是想到這點就覺得不得不提防伊利斯，但是宮成茜又告訴自己，這會不會只是自己想太多？

畢竟自己是長年撰寫輕小說的作家，腦補是必備的技能……她第一次如此希望，自己的腦補不要成真，千千萬萬不可成真。

「怎麼了？知道我如此厲害而害怕了？」

伊利斯似乎查覺到宮成茜注視自己的目光與平時不同，有些壞心眼地問。

「才、才沒這回事。倒是那些黑衣人的去向……」

「妳不會想知道他們去向的，相信我。」

「要我相信一個惡魔還真是沒說服力……不過，我也不是那麼關心那群黑衣人的下落就是。」

板著死魚般的眼神，宮成茜吐槽。她大概可以猜出，那群黑衣人現在肯定過得很不好受。

既然已經眼不見為淨，就不要再去追究太多了……反正就算知道他們的去向，她也幫不上忙，更沒有時間與餘力。

對，說她自私也無所謂，本來她就不是什麼聖母或女英雄，況且那還是一群本想殺害自己的敵人！

她若真有心想救那群黑衣人，今天就不會落得被杞靈憎恨、打入地獄的下場了。

「走吧，月森和姚崇淵他們應該已經先進屋了。我們也快跟上吧！」

伊利斯一邊說，一邊牽起宮成茜，拉著她往目前毫無人跡的正門前去。

心繫著月森和姚崇淵的安危，宮成茜趕緊跟上。

走進阿斯莫德的宅邸，一道悠揚的古典弦樂聲傳來，方才的戰事彷彿被這麼一曲所洗滌乾淨、不曾發生。

門扉掩上，關門的聲響讓宮成茜著實嚇了一跳，回頭一看什麼人也沒有。她拍拍自己的胸脯，告訴自己這裡是地獄，什麼離奇的事都可能發生，何況只是一扇木門會自動關上的小事。

或許是這陣子遭遇到的危險越來越多，向來膽大如宮成茜，也在不自覺中膽子被磨小了。

她伸長脖子，想要找尋大概是不久前才進到屋內的月森與姚崇淵，只是無論如何左顧右盼，仍是不見人影。

面對正前方從一樓地面延伸到二樓的樓梯，階梯之寬闊令人感受到一種難以言喻的霸氣，卻也同時使人有種更加隔閡的距離感。

優雅的古典樂迴盪於大廳之中，挑高的樓層、偌大的空間、清一色木質地板與華麗地毯，典雅的裝潢卻讓宮成茜覺得毫無生氣。

大廳裡的壁爐點著火，柴火劈里啪啦地燃燒著。爐火本該增添屋內的暖意，宮成茜身處在這間宅邸中卻仍有那麼一絲寒冷。

抬頭一看，許多幅畫懸掛在樓梯兩側的牆壁上，其中一幅最讓宮成茜在意。那是一幅肖像畫，寫實的筆觸畫出兩道身影，宮成茜一眼就能看出畫中之人是誰。

畫面中的兩人肩並著肩，無論身形還是外貌都猶如是另一人的模子所刻出，唯一的差別在於……兩人臉上的神情有著明顯不同。

站在右手邊的男孩，衣著華麗貴氣，嘴角漾出一抹淺笑；站在右手邊的男孩，衣著同樣散發著高貴氣息，嘴角卻是往下垂，眼神透露出一股陰鬱。

「吶，伊利斯……那幅畫中的兩人，應當就是阿斯莫德與別西卜那對雙胞胎吧？」

宮成茜問身旁的伊利斯。

「果然任誰走進來都會第一眼注意到那幅畫啊……沒錯，就是那對兄弟。如今看來，那幅畫還真是諷刺。」伊利斯點了點頭。

「的確是很諷刺……」

宮成茜低下頭，眼簾也跟著垂下。

「我早向阿斯莫德說過，別在大廳擺上這麼顯眼的一幅畫，全地獄的人都知曉他們這對兄弟如今反目，他還如此明目張膽地掛在大廳牆壁上……就不怕別人怎麼想嗎？」

伊利斯聳了聳肩，想起當時跟阿斯莫德提出此建議時，阿斯莫德還板著一張臉，要他別多管閒事。

「我想，或許阿斯莫德有他堅持的理由……是我們旁人所無法理解的。」

宮成茜一邊回應伊利斯，一邊猜想那對雙胞胎兄弟是如何演變成今日這種局面，就算是惡魔，那幅肖像畫也告知她，當初那對兄弟也曾有過手足之情。

不過，現在並非是想這個的時候吧？

「對了，為何到現在還沒看到月森哥他們？不是已經先進屋了嗎？」

宮成茜心中一直有股說不上來的不安，忍不住向身旁的伊利斯。

伊利斯皺起眉頭，露出一臉困惑，顯然也不曉得發生什麼事。

就在此時，一道身影忽然出現，從二樓的樓梯口慢慢往下移動。

「你們能來到這裡，在下真該給你們一點獎賞才是……宮姑娘與伊利斯。」

優雅的身姿，從容自在的模樣，彷彿他才是這棟宅邸的主人。然而，他只是與真正屋主有著相似容貌的男人——地獄的第二把交椅，別西卜。

「別西卜……你怎麼會在這裡！」

宮成茜心中的不祥預感果然成真，最不想遇到的人就在自己眼前！這下月森和姚崇淵的處境可能更加令人堪憂！

伊利斯戒備地拿出武器，往前護在宮成茜身前，就算明知打不贏別西卜，他仍要爭取機會到最後一刻。

相較於宮成茜與伊利斯的警戒，別西卜依然自在地摸著樓梯扶手，慢條斯理的態度更襯托出他壓倒性的強大。

「問得好，在下也不太清楚自己怎會在這裡……可能是被妳的氣息吸引而來。妳不是最清楚了嗎？我最想得到的人是妳呀。」

別西卜微微一笑。

對宮成茜，而言那抹笑真是笑得讓她心裡發寒。她真不明白，為何別西卜會如此執著地想要得到自己？

就算是阿斯莫德的緣故，嚴格說起她也非阿斯莫德的所有物，就算得到她又能如何？

好吧，反正她早就認命了，被打入地獄的那一刻起就知道，自己開的不是桃花，而是奶奶在對面跟你招手時一定會看見的彼岸花。

「成茜，妳不要和那傢伙正面衝突。如果找到時機……或者是我快撐不下去時，妳一定要逃離這裡。」

伊利斯壓低嗓音，無比認真地發出指令。

「可是伊利斯你——」

「聽話，妳忘了自己在地獄的目的嗎！」

「唔！」

被伊利斯這麼一說，宮成茜一時間語塞，她都忘了自己是為取回靈感而奮鬥至今。

「可是……」

嚥下一口水，宮成茜深吸一口氣，握緊手中的法杖。

「我無法這麼自私地逃走！我雖然不是聖女，但也不是那種毫無良心的人！若是連這點都無法做到，我的確該被打入地獄！」

挺起胸膛，宮成茜大聲地對著伊利斯說出自己的決意。

手中的法杖似乎具有自我意識般，鑲崁在上的寶石跟著微微發亮，好像在訴說它與主人將一起並肩作戰到最後。

別西卜輕笑幾聲，雙手拍出幾道零落的掌聲。

「不錯不錯，這種決心真是太棒了，在下還真怕妳沒有這種勇氣呢……宮姑娘知道嗎？把一個充滿決心又勇敢的人徹底打倒、破壞一番，比什麼都還要有趣呢。」

「你真是十足的心理變態！」

宮成茜狠狠大罵。說也奇妙，面對如此強大的敵人，害怕感卻比預期的還少。

是因為經歷這些時日的戰鬥，讓她成長了嗎？

是因為為了救出伙伴的責任感，減少了恐懼感嗎？

宮成茜說不清，可是對現在的她而言，那都不重要。重要的是，既然已經將脖子洗下去了，她說什麼都要努力到最後！

「破壞Ｆ４紅外線，執行死光！」

轉動手中的法杖，宮成茜率先發動攻擊。

「賈拉哈姆雙武，雙蛇綑！」

伊利斯馬上跟進，甩動他的武器。繼熾白色的死光發射後，黑色蛇形般的幻影也蜿蜒著身軀衝向前，雙雙夾擊正前方的別西卜。

「唉呀，別二話不說就打起來嘛……你們明知打不過我。」

別西卜輕輕地移動手指，形成一個半透明帶點火光的盾牌，輕而易舉地擋下所有攻擊。

「如螻蟻的你們，面對巨人只有被踩得粉身碎骨的下場……即使如此，你們仍要奮戰嗎？」

別西卜歪著頭，睥睨地俯瞰宮成茜與伊利斯。

「你可不可以別那麼囉嗦？都說要跟你拚到底了，還問這個幹什麼！我可沒那耐性一直回答你！」

宮成茜再次發動死光，以一道道死光回應別西卜。

「別西卜，同樣都是惡魔，不管高低階，惡魔的自傲可不是一般程度。況且我伊利斯更是不願屈服的類型，你就省點嘴皮力氣吧！」

同樣的，與宮成茜一起並肩作戰的另一名惡魔，伊利斯向來嚴肅的臉孔也帶著一絲慍怒，毫不客氣地對著別西卜道。

「在下真是不懂螻蟻的心態。好吧，既然你們如此想送死，我也不是做不到，而且是很輕易就能做到。但是，要死的話，伊利斯你一個人就可以了。」

別西卜伸出手，先指向伊利斯，接著移動手指向宮成茜。

「宮姑娘，我要定了。在下可沒打算讓她太早死哪……活物玩起來才夠有趣，玩到膩了再殺掉也不遲。」

「雖然我在地獄裡待的時間不算太長，但心態如此扭曲的惡魔，你還真是我心中的第一名。」

宮成茜搖了搖頭，只覺得一陣反胃與惡寒。

「呵呵，那是因為妳還不夠認識一個人。他也是惡魔唷，還是妳目前最想見到的人。」

「你是說——」

「沒錯，就是妳朝思暮想的阿斯莫德，我那愚昧的胞弟！」

話音一落，這回改換別西卜發動攻擊，名為暴食的大鐵扇用力地一搧！

黑色旋風夾帶緋紅火流，像一個怪物張開血盆大口，貪婪地朝兩人撲來！

「賈拉哈姆雙武，重盾雙舞！」

攻擊來襲之際，伊利斯將宮成茜拉至身後，獨自衝上前用手裡的雙節棍擋在自身前頭，瞬間兩道黑色的盾牌護在他面前。

「嗚！」

即使握緊了手中的盾牌，別西卜的攻擊仍太過強大，伊利斯有些招架不住，整個人都被逼退數步。

「伊利斯！」

宮成茜趕緊從背後撐住對方。她同樣也被震退數步，就算早已明白他們和別西卜是不同等級，沒想到竟然差距會這麼大。

「好了，我們快點結束這場鬧劇吧？伊利斯，看在你同是惡魔的分上，在下會讓你的下場好過一點……早些送你去找另外兩名同伴吧。」

別西卜高舉手中的金色鐵扇「暴食」。

「暴食——無盡的貪婪飢餓。」

在別西卜搧下鐵扇的剎那，一陣如浪潮般的黑色物體朝宮成茜與伊利斯打來，幾乎快突破屋頂的高聳黑浪，伴隨可怕駭然的吼聲急急奔來！

宮成茜訝然地抬起頭，看著席捲而來的黑色大浪，一時間不知所措，愣愣地僵在原地。

她當下只有一個念頭：

難道就要到此為止了嗎？

就在大浪即將吞沒宮成茜，剎那之間，一道龐大的身影赫然擋在她的身前！

「喔喔喔喔——」

接近一層樓高、頭部幾乎要頂到天花板的碩大身軀，發出如野獸般的懾人吼聲，以一擋十的氣勢，擋下本要吞下宮成茜的滔天黑浪！

宮成茜揉了揉眼睛，定睛一看，眼前之人竟是——

「我伊利斯——絕不會讓你傷到成茜一根寒毛！」

如雷聲般震耳的洪亮嗓音，轉瞬之間變身為龐然大物之人，正是擁有泰坦巨人族血脈的伊利斯！

宮成茜傻眼地看著眼前的巨大背影，伊利斯的上半身衣物四分五裂，小麥色的肌膚全暴露在宮成茜眼底。

「這就是……伊利斯真正的面貌嗎……」

想起伊利斯曾對自己說過的話，她原以為這一輩子都不可能看到伊利斯將巨人族基因解放……沒想到，會在這種情況下，伊利斯竟為了保護自己而放棄長年的執著與自尊。

她宮成茜究竟是何德何能，竟能讓伊利斯甘願為自己這麼做？

「喔？真沒想到你居然有巨人族的血統……但就算這樣，你以為能贏得了我嗎？」

黑色的大浪被伊利斯強行擋下後，便化作一團水蒸氣散去，別西卜仍站在樓梯的高處，冷眼看著伊利斯。

「你錯了……我沒想過要贏你……」

伊利斯微微喘著氣，身上沾染不少黑色的水珠，這些水珠似乎具有腐蝕性，不僅冒出裊裊黑煙，還在他結實精壯的身體上留下一個個傷口。然而，伊利斯全然不在意，相對於他平常忍受的縮骨之痛，這點灼傷不算什麼。

「我只要成茜安然地站在我眼中，便足夠！」

巨人的這句話如鉛重般，沉沉地落入宮成茜的心裡。

在這一瞬間，或許是吊橋理論，又或者真是被這句話所感動，宮成茜不禁對如此捨身保護自己的惡魔……也就是伊利斯，油然升起一股難以言喻的情愫。

別西卜似乎也為了伊利斯這句發言而愣住，瞳孔微微收縮，複雜的情感瞬間流轉在他眼眸之中，一段關於過去的回憶閃過腦海，浮現阿斯莫德年幼的模樣。

只是很快的，別西卜便消除了自己輕微的動搖，回歸現場的戰鬥上。

「哈……真是討人厭的一句話哪，伊利斯。身為惡魔，你怎麼讓自己說出像噁心天使會說的話？還有沒有惡魔的高傲與尊嚴啊？」

他不以為然地冷笑一聲，打從心底對伊利斯方才的發言作嘔，惡魔就該有惡魔的格調！

為自己以外的人豁出一切，已經夠沒資格再以惡魔的身分活下去……況且還是為了一個女人？

別笑死人了——

「惡魔，是不可能為了誰而拚命到底的！」

夾帶不自覺湧上的怒氣，別西卜再次高舉手裡的金色大鐵扇。

「這種事，還輪不到你說了算！」

伊利斯同樣高舉右手，握緊拳頭，下一秒便在對方的鐵扇揮下前，屈起的拳頭用力撞擊地面！

轟然一聲，不僅地面被伊利斯的拳頭打得四分五裂、砂石飛揚，站在他身後的宮成茜也險些重心不穩，彷彿整棟宅邸都隨著這一拳而晃動。

眼看飛沙走石，別西卜的視野被暫時遮蔽，宮成茜突然靈機一動，舉起手裡的法杖低喊：

「死光執行！」

連續發射出數道熾白死光，白色光束從飛石碎瓦的縫隙中飛出，偷襲一時間還未反應過來的目標。

「哼……淨會耍小聰明。」

別西卜一手用鐵扇擋住紛落的大小土石，一邊閃躲宮成茜發射的死光。他的動作雖快，在這種分身乏術的情況下也略顯應變不及，一個閃神，死光便與他的左臉頰擦過。

「如何，就算是小聰明也能傷及你！」

見著自己的攻擊確實發揮了效果，儘管只是連擦傷都還不到的程度，對宮成茜而言卻已經是莫大鼓舞。

「成茜，做得好！」

伊利斯轉過身來對著宮成茜喊道，他的音量隨著體形變大也跟著加倍洪亮，幾乎要籠罩住宮成茜的聽覺。

「你們……真是……不見黃河心不死哪……」

深吸一口氣，別西卜沉下臉來。

「不對吧？在地獄裡，應該說是不見冥河心不死才對。」

「成茜，妳在這種情況下還能吐槽，是不是有點太得意忘形了？」

聽到宮成茜那樣說，伊利斯也忍不住回了一句話。

「我說你們……可別太狂妄了！區區螻蟻，只是稍微咬傷了我就得意成這樣嗎？」

別西卜眼中透出更加陰冷銳利的鋒芒。宮成茜一與別西卜的目光對上，身子立刻竄起一陣寒意、不禁戰慄。

「這、這到底是什麼樣的眼神……！」

只差沒把「好可怕」這句話說出口，宮成茜嚥下一口口水。

還來不及想出對策，別西卜的雙手握住鐵扇，彷彿是加強力量的暗示——無論宮成茜怎麼看，都覺得這下慘了，他們真把別西卜惹毛了！

「兩隻螻蟻……我會讓你們知道和我之間的差距有多遠。」

眼神冷冽，高舉至頭部的鐵扇陰影遮蓋別西卜的臉孔，使他的雙眼像是發出陰森冷光般，看得讓宮成茜心底發寒。

「暴食——」

伊利斯知道這下大事不妙，搶在鐵扇揮下前握拳揮向別西卜！

「沒用的。」

就在伊利斯將一拳重擊別西卜之際，伊利斯碩大的拳頭竟穿過對方身軀！

揮拳落空，伊利斯還在驚嘆這究竟是怎麼回事時，別西卜新一波的攻擊將至。

「風火山林，黑炎奔流！」

在鐵扇搧下的剎那，一陣狂風朝宮成茜等人吹來，刺耳的風聲有如野獸咆哮，緊接著氣流化作黑色火炎，形成黑色的龍捲火流！

「喔啊啊啊啊——」

伊利斯一把推開僵在原地的宮成茜，以自己龐大的身軀硬是承接所有攻擊。這回，他不再像上次那般輕易擋下，而是發出痛苦的哀號，聽得旁人心裡頭是一顫一顫。

宮成茜既是害怕，又是心急，她到底該怎麼做才好？怎麼才能幫上伊利斯的忙，才能打倒眼前壓倒性強大的敵人？

也是在這一刻，她終於徹底明白他們與地獄第二把交椅之間的差距……確實是天差地遠的殘酷！

心跳快得不得了，宮成茜眼睜睜看著伊利斯獨自一人扛下如此驚人的攻擊……她卻無能為力。

她好擔心自己會在下一秒失去伊利斯！

當黑色的火炎散去，即使身形巨大如伊利斯，也當著宮成茜的面前無力倒下！

「伊利斯！」

宮成茜趕緊跑到前頭，站在對方的臉部旁邊緊張大喊。伊利斯全身上下皆是被灼傷的痕跡，焦黑的皮膚還發出一陣陣白煙。

宮成茜就快要急哭了。

「不……不會的……伊利斯你不會這麼快就領便當了……你才剛出場沒多久啊……以輕小說的定律來看通常沒這麼快便當啊！」

摸著伊利斯的肩膀，掌心仍能感覺到黑炎殘留灼熱，她不管是否燙手，雙手一直停留在伊利斯身上。

她不相信伊利斯就這樣消失！

這絕對是錯覺……絕對是！

「醒醒啊，伊利斯……醒醒！你別耍我了！」

這輩子可說是從未見識過生離死別，除了自己被拉入地獄以外，宮成茜還真沒吃過什麼大苦頭。遇到這種事，對她而言真是第一次，她從未料想過這一天竟會在此時來臨，更沒想到是在地獄裡發生。

伊利斯像睡著了一般，毫無反應。宮成茜堅信這只是一時的昏厥，不停使力地搖動對方，彷彿她才是想將睡美人喚醒的王子。

從未體驗過生死訣別的王子，拚命地想將對方叫醒，她不死心，她不相信，她更還沒做好任何的心理準備。

「別費工夫了，宮姑娘，那傢伙是叫不醒的唷。妳問我為何會知道？因為在下就是殺死他的人啊。」

別西卜一副自得其樂的模樣，在一旁說著風涼話。

「你閉嘴！」

氣得怒吼一聲，不過宮成茜沒有回頭看向別西卜，她此刻對於別西卜只有滿腔恨意，完全不想理會那名殺人凶手。

「呵呵，妳因為憤怒而失去理智的模樣也很迷人哦，宮姑娘。在下，最喜歡挑戰與征服像妳這樣的女人呢。」

面對宮成茜的盛怒，別西卜一點也不以為意，依然嘻皮笑臉。他邁開步伐，從樓梯上一階一階往下，來到一樓大廳地面，逐步靠近仍不願回頭瞧他一眼的宮成茜。

宮成茜絲毫沒有理會，更無心提防朝自己接近的別西卜，她心中、腦中都只有一片無止境的混亂……她感到自己頓失所有，甚至覺得是自己的緣故，讓月森哥、姚崇淵，還有伊利斯都付出了慘烈的代價。

胸口好痛，這種心臟為他人而疼痛的滋味，宮成茜還是第一次嘗到。不自覺地，在慌亂與焦慮、心痛如麻的情況下，一滴淚珠順著臉頰的弧度滑落，落在伊利斯焦黑的身軀上。

「好了，宮姑娘，現在該跟在下回去了吧？妳已經一無所有了——」

別西卜正要靠近之際，忽然有道清脆的聲音自他身後響起。

「嗯？」

別西卜轉頭，什麼也沒見到，他以為是自己的錯覺，打算再往前一步時，又連續聽到第二、第三道清脆如玻璃碎裂的聲響。

不對勁。

別西卜準備再度拿出鐵扇，進入警戒狀態時，卻發現自己竟動彈不得！

「這到底是怎麼回事！」

試著要讓四肢脫離僵在原地的狀態，別西卜越是使力想這麼做，越是顯得白費力氣。

「怎麼，被控制的感覺讓你很不習慣嗎？尊貴的地獄第二把交椅……或者說是，想當上未來的地獄之王之人？」

一道聲音從大廳另一處傳來。

熟悉的嗓音立刻讓宮成茜回過神來，暫且止住了悲傷。

如果她沒聽錯的話……這聲音難道是……

「果然是你搞的鬼——阿斯莫德！」

眉頭緊緊皺起，別西卜搶先在宮成茜之前叫出對方名字。

下一秒，宮成茜最想念的那道身影：酒紅色的長捲髮、魔魅俊美的臉孔、擁有貴族般華麗氣息的男人——阿斯莫德再次於她的眼前登場！

「不可能……怎麼會是你？」

宮成茜愣愣地站起身，看向迎面走來的身影，如此熟悉，熟悉得讓她不敢置信這是真的。

「哦，想念我到這種程度嗎……宮成茜？」

阿斯莫德一手扠在長褲的口袋之中，嘴角一如既往挑起一抹好看的微笑。如美酒般芳醇低沉的嗓音，唸出宮成茜的名字。

「想念……你個頭啦！」

宮成茜握緊雙拳，神色一變，「你這混帳惡魔，這些日子究竟死到哪去了啊！」一聲怒吼，震住了在旁的別西卜，也震住了被吼的對象阿斯莫德。

「哈哈……還真像是妳的風格啊，宮成茜。不過這樣也好，多日不見妳還是這麼有精神，真是不錯，看來妳已經習慣在地獄的生活了。」

「不要一見面就跟我寒暄！你這混帳惡魔都不知道我有多擔……不對，現在到底是怎麼回事！」

正想將「擔心」兩字脫口而出，宮成茜趕緊打住，她才不要對這混帳阿斯莫德說出自己有多牽掛他。

絕對不要，這絕對只會讓那傢伙得意罷了！

「比起我的事情，現在更重要的，應該是如何處置我那惹妳哭得梨花帶雨的胞兄吧？」

阿斯莫德一邊說，一邊走到宮成茜的身邊，趁著宮成茜還來不及反應時，一把將她拉到身邊，攬進自己的懷裡。

被拉入對方懷裡的剎那，宮成茜就像是舞會上被王子選中的公主，身體轉了個華麗的半圈，裙襬微微飛揚，進到對方懷抱。

她愣愣地注視著比自己高出許多的阿斯莫德，這個留有一頭酒紅色長捲髮的帥氣男子，倘若個性沒那麼糟，不是個魔鬼，自己還真有那麼一點機率會對他動心。

不過，她宮成茜雖然愛看帥哥，喜歡帥哥，可是從不輕易把自己的感情交出去。

就目前來看，想要她對阿斯莫德真正傾心？至少他得先做到伊利斯對自己付出的程度吧！

現在她只想快點解決眼前的困境，找出月森哥與姚崇淵的下落……還有必須得想辦法搶救伊利斯！

「阿斯莫德，你有辦法打倒別西卜嗎？」

宮成茜看著依然被控制住，動彈不得的別西卜。

「阿斯莫德……你這傢伙究竟對我做了什麼……」

就連說話都有些吃力，別西卜恨恨地瞪著阿斯莫德，身體不斷掙扎著。

阿斯莫德聳了聳肩膀，以輕鬆自若的口吻回答別西卜：「你說呢？我只是照你現在的情況丟了幾根定影針。」

「定影針？那是什麼玩意？」宮成茜一臉困惑地問道。

別西卜咬牙切齒地說：「定影針……原來你早就知道了嗎……該死，真不能小看你啊，我的好弟弟。」

別西卜的回應讓宮成茜更是一頭霧水，只是她也知道現在並非急著要解釋的時候。她耐著性子，決定先看阿斯莫德接下來怎麼做。

「別西卜，我還真有些低估你了，光靠分身就能將巨人化的伊利斯打倒……我真該慶幸，現在的你不是真正的你。」

「哈，你是該為自己僥倖的處境竊喜一下……下一次你我見面時，可不就是現在這樣而已！」

就在別西卜回應的同時，他竟突然掙脫了定影針的控制，冷不防地衝向阿斯莫德！

「我就知道區區幾支定影針也制不了你，但你可別忘了，我好歹是你的雙胞胎兄弟——」

阿斯莫德早有提防，他快一步拿出名為「龍之逆鱗」的長槍，對準迎面撲來的目標。

「龍之逆鱗，奧義．緋紅的龍之巨炎！」

轟然的火光噴射而出，長槍頂端竄出一條張牙舞爪的火龍，挾帶強大的氣流與熾熱高溫朝別西卜飛去！

紅色巨龍頓時吞沒別西卜，熊熊燃燒的火焰將對方徹底包覆，轉眼之間，別西卜的身影就在緋色火海中消散不見——這場纏鬥許久的戰鬥，終於正式劃下了休止符！

直到火花全部散去，真的再也不見別西卜身影後，宮成茜才鬆了一口氣……雙腿一時間無力癱軟。

「妳沒事吧？」

在宮成茜險些失去重心而倒下之際，阿斯莫德一把扶住了她。

「我沒事……有事的是伊利斯……」

音量和氣勢都萎靡許多，實際上宮成茜從一開始戰鬥到方才，都只是在逞強。俗話說，輸人不輸陣，就算明知不可能打得贏別西卜，她在氣勢上也絕不能輸人。

不過，別西卜應當沒有真正消失在這個地獄之中吧？

從方才的對話推敲，被火炎焚燒的只是別西卜的分身，而非本尊。與其現在糾結別西卜的事，她更想趕快搶救伊利斯，以及找出失蹤的月森哥和姚崇淵。

「伊利斯……我的好友……」

阿斯莫德鬆開攬住宮成茜的手，走向倒在地上、全身焦黑的伊利斯。他蹲下身，眼簾低垂，目光專注地掃過伊利斯全身。

「這副模樣的伊利斯……我還是第一次見到……」轉過頭，他看向身旁一臉擔心的宮成茜，「伊利斯他……是為了妳才會變成這樣吧?妳跟他之間的事，看來我得找時間好好了解一下。」

「欸?我和他之間什麼也沒有，不需要這樣好嗎!倒是你看得怎樣?伊利斯還有救嗎?」

宮成茜話鋒一轉，將話題導向伊利斯的現況上。

「伊利斯他啊……」

欲言又止，阿斯莫德嘆了一口氣，讓宮成茜的整顆心都懸了起來。她忍不住將身子往前傾，迫切又有些膽怯地問：「到、到底是如何啊?」

直直地盯著阿斯莫德的雙唇，等待對方開口的這段時間，宮成茜屏住氣息，連呼吸都忘了。

阿斯莫德臉色一沉，輕輕拍了拍她的肩膀，將她心中的不安推到最高峰。

宮成茜腦海裡只有一個念頭——難道伊利斯真的不行了?

「伊利斯他……只是太熱昏過去罷了。」

「哈啊？」

她眨了眨眼，心裡只有一個感想——

阿斯莫德，你耍人啊！

第七章

大戰過後的溫情

Tuning Demon Project

「大概就是這麼一回事。」

阿斯莫德坐在自家大廳的牛皮大椅上，不急不緩地向宮成茜解釋完畢，一旁的月森和姚崇淵同樣聽見他這番說明。

對宮成茜而言，這一天實在變化得太大，發展的事情不是急轉直下，就是驚奇連連……她不禁要擔心一下自己的心臟，如果心臟不夠有力的話，她搞不好真要提前嗝屁到地獄入口報到。

雖然阿斯莫德說得很慢，宮成茜還是需要一點時間讓腦袋釐清這一切。她深吸一口氣，讓自己的大腦像電影院般，將影片調回最開始……

回到當時與別西卜對戰的場面，別西卜消失後沒多久，月森和姚崇淵便不知從何處冒出，兩人急急忙忙地跑到宮成茜的面前，詢問別西卜到底在哪？

宮成茜見月森和姚崇淵渾身是傷，氣喘吁吁，推斷應當是一直戰鬥到方才。一問之下，原來那兩人早一步見到別西卜時，別西卜用異度魔法將他倆送到一個次元空間。

被傳送到異次元空間內的月森和姚崇淵，便一直陷在無止境的戰鬥裡，倒下一個敵人又來一個，就像殺不完的小強一樣，顯然要讓他倆耗盡體力。

姚崇淵甚至一度以為，自己人生的最後就是要跟一個男人共度，更悲哀的是對方還是名亡魂……好在，別西卜一消失，異次元空間也跟著解除，兩人得以回到阿斯莫德的宅邸。

剛回到原本的世界，兩人或許是並肩作戰了一段時間，馬上都想到了宮成茜，沒有休息的餘地立刻進行搜尋。

宮成茜聽到這，不免有些感動，她真想上前將月森和姚崇淵攬入自己懷裡……只是最後她沒這麼做，還是將衝動壓了下來。

不過，她會找個時機，好好向這兩人鄭重地道個謝，當然，守護自己到最後的伊利斯也在她感謝名單中。

令宮成茜寬心的是，經過醫護人員的治療後，伊利斯現已無大礙。宮成茜原以為伊利斯遭受火焚而死時，阿斯莫德告訴她，這傢伙只是因為身體過熱而昏厥。阿斯莫德又說，惡魔沒這麼容易就死去，況且還有巨人族血統的伊利斯，身體承受外力的程度絕對超乎宮成茜想像。

阿斯莫德的話很快得到驗證，在醫護人員的測量下，伊利斯確實還有呼吸跟心跳。更神奇的是，伊利斯本來重度灼傷的身體，竟漸漸地自我癒合。

阿斯莫德解釋，表示這是巨人族的特殊能力之一，但也只有在恢復巨人身形時才有此能力，正常人體形的狀態下並不具備。

真是太好了，宮成茜為了伊利斯真是吃了不少驚，她就說嘛，以她多年輕小說作家的經驗來看，伊利斯才剛登場沒多久，哪會這麼快領便當！

為了釐清整件事情的來龍去脈，宮成茜的回憶跑馬燈已經來到最後，她看向阿斯莫德，想起這名狡猾又優雅得讓人不知該如何吐槽的惡魔，是如何回到她的視線之中……

時間得追溯到阿斯莫德留在異度空間，獨自一人阻擋別西卜的追殺後，宮成茜從那時起就斷了他的音訊。實際上，阿斯莫德在那之後又與別西卜交戰數十回，直到別西卜使出了最擅長的空間魔法，將他扔到了另一個次元。

「那個沒良心的別西卜，真的想讓我永遠回不來，我可是花了好大一番工夫才找到回家的路。」

阿斯莫德感慨地聳了聳肩。

宮成茜不是不能體會阿斯莫德的辛苦，只是太難想像了——被丟到異次元要如何回來，這種事根本就只有輕小說裡才會發生。

啊，不過她宮成茜的遭遇也挺輕小說就是。

根據阿斯莫德的說法，他通過了重重次元，才找到回來的路。他回到地獄的時間，大約是一天之前，他知道別西卜一定會趁這段時間繼續找宮成茜的麻煩，打聽了一下消息後，便得知宮成茜似乎正往自家宅邸前行。

盡速返回自家的期間，阿斯莫德連帶調查了別西卜的情況，他收到的情報指出，別西卜正遠在地獄的另一端進行由他率領的派系會議。七年一度的會議，身為領導者的別西卜不可能不親自參加。

同一時間，阿斯莫德卻也聽到宮成茜遭受別西卜人馬追殺的消息……當時，他的心中便有一個猜測。

「我那時懷疑，出現在我家的別西卜，不是本尊。」阿斯莫德正色地道：「出現在你們面前的人，只是別西卜製造出來的分身，某種程度上來說是類似幻影般的存在。」

「難怪……當時伊利斯的拳頭會穿過別西卜的身體，原來是這麼一回事啊！」

宮成茜恍然大悟，因為正是影子而非實體，伊利斯的攻擊才無法見效。

「所以，我便想到一個方法。」

「就是使用定影針？」

這回提問之人並非宮成茜，而是在旁聆聽的月森。在地獄理生活好一陣子的他，比宮成茜和姚崇淵更了解何謂定影針。

定影針是一種能夠針對影子進行操控的物品，如果說當時的別西卜真如阿斯莫德所猜想、是幻影分身，定影針就能發生效果。

「我朝別西卜的影子丟了幾根定影針，果真如我所料，他便就此動彈不得了。」

說起這段時，阿斯莫德的神情還有些得意，一手摸了摸自己的下巴。

「好吧，事情的來龍去脈我全都搞懂了。那麼，現在我們該怎麼做，別西卜不會放過我們吧？」

宮成茜一手扠腰，問向阿斯莫德。

「嗯，我首要之務當然是要整理這個家了……妳看看這可憐的大廳，被你們破壞成這副模樣。」

「怎麼覺得你答非所問啊……」

宮成茜瞪著死魚眼吐槽。

「我沒有答非所問，這不是一家之主該做的事嗎？況且，我想妳是否忘了一件事。」

阿斯莫德伸出手來，指向宮成茜的鼻頭，「妳欠我的稿子呢？這段時間應該累積了不少進度才對哦？」

「嗚哇！稿、稿子！」

要命！

居然跟她提到稿子的進度！

完蛋了，這些時日她光是忙著被追殺都忘了要寫稿，雖然多少有寫了一些，但進度嚴重落後啊！

宮成茜雙手抱住頭，不停搖頭晃腦好像鬼上身一樣，沒有發出咆哮卻一直張著嘴巴，發出低啞的「啊啊」聲。

「那傢伙沒事吧？」姚崇淵小聲地問向旁邊的月森。

「茜只要沒寫稿，又遇到編輯催稿時，都是這個樣子。」月森果斷地回答。

「宮成茜——」

阿斯莫德轉過身來，擺出一張笑咪咪的臉，笑得人心裡發寒。

「說、好、的、稿、子、呢？」

「啊啊啊我錯了！編輯大人我錯了！」

宮成茜雙手一攤，大聲道歉的同時趕緊轉身逃脫。不知為何，阿斯莫德一旦編輯魂上身，整個人就瞬間變得超級恐怖！

對，只能逃了，俗話說得好，三十六計走為上策！

「給我回來，宮成茜——我可不會讓妳逃跑哦。」

阿斯莫德板著散發殺氣的笑臉，邁開步伐快速地追了上去。

到處是塵埃與碎瓦的大廳之中，只留下看傻眼的姚崇淵，以及似乎很習慣這種景象的月森。

月森雙手抱胸，一手撫摸著隨身攜帶、綁在腕上的保冷袋道：「哎呀，看來這座大廳想要重修到原本的樣子，大概還得等上好一段時間吧。」

深夜時分，宮成茜正在二樓的客房挑著夜燈，埋頭趕稿。

雖說是被阿斯莫德壓著寫稿，但宮成茜卻寫得難得起勁，或許是這陣子以來累積不少素材、體驗了不少事件，才能下筆迅速。

速度是快了點，可是靈感被奪走後還是寫起來不順手，宮成茜很清楚，尤其是在編織情節時，腦袋就像當機一樣，都得把所有腦汁都擠出似的，才能寫出一個說不上太滿意的情節。

果然沒有靈感不行，為了她的輕小說家職業生涯，她真得快快將封印在地獄最深處的靈感取回。

「該說多虧這次催稿，才讓我想起自己來到地獄的初衷嗎？哈。」

宮成茜一手撐著臉頰，胡亂地撓了撓自己的頭髮，喃喃自語。

來到地獄後，雖然沒有太認真在計算時日，但就她自己的感覺，很像已經在地獄裡生活了一個月吧？

阿斯莫德說，不管別西卜會不會再來襲，該做的事還是要完成。因此，她前往地獄最深處之行也將重新展開。

明天一早，就要往地獄的第五層前進，宮成茜反而有些期待，畢竟離她的靈感又靠近一步。

「為了取回靈感，我得更努力加倍把進度補齊！」

振奮一下精神，她拿起放在一旁的黑咖啡，喝下一口。

「啊——好苦！早知道就放點奶精跟砂糖了！」

向來都習慣喝加滿奶精跟砂糖的拿鐵，這杯「地獄手沖黑咖啡」讓宮成茜很不能接受。

她本來是想請店員加奶精跟砂糖的，只是這一切說來話長……

半夜想喝現煮的咖啡，宮成茜便打電話請飲料店外送，回想起當時見到的外送店員……一頭黑色法國鬥牛犬，穿著與人世某知名星○克制服雷同的衣著，將這杯黑咖啡送到她手裡。

「請問需要加糖加奶精嗎？汪！」

身上背著一袋標明「奶精」與另一包「糖」的法國鬥牛犬，用圓滾滾、幾乎要凸出來的眼球直直地盯著宮成茜。

「呃，我兩個都要，請幫我加吧。」

宮成茜還真不習慣外送店員是毛孩子，覺得這小傢伙還比較適合當店內犬吧？

「好唷，我們是採自助式，請自取汪！」

店犬……是外送店員興奮地搖著尾巴。

「那我先加奶精好了……」

「汪！等一下！」

宮成茜正要伸手打開對方身上的袋子時，小鬥牛犬像是突然想到什麼，阻止了宮成茜。

「怎、怎麼啦？」

愣了一下，伸出的手懸在半空中，宮成茜困惑地看向這頭鬥牛犬。

「客人，聽阿斯莫德大人說您是人類對吧？人類的話，我想還是告知一下我們家的獨門口味。」

「獨門口味？」

總覺得有種不好的預感，在地獄裡只要提到獨門的東西……感覺都不會是多正常的東西，宮成茜是這麼認為。

「現在不是講求有機健康飲品嗎？奶精呢，我們家是跟馬媽媽地獄農場合作，裡面的油脂跟奶水，都是從馬媽媽身上擠出來的奶，以及從她身上刮下來累積一星期的油脂，保證純天然不加任何防腐劑，汪！」

「馬奶就算了，一星期沒洗澡直接刮下來的馬油……」

光想像，宮成茜便開始有些反胃了，馬上將手從奶精袋子上收回。

「汪，還有還有，我們家的糖也是特製唷！這個就比較殘忍一點了……我們地獄裡不是有些受刑人血糖過高嗎？體內糖分很多嗎？所以，本店秉持純天然有機的理念，就去蒐集那些遭受車輪酷刑時，從身體擠壓流出的糖分……製成我身上這袋糖包哦！」

講得頗為得意，一副自家產品最好的神情，小店犬……是外送人員完全沒意識到宮成茜已經轉過身去吐個半死。

「客人？客人您怎麼了？還好嗎？」

「拜、拜托你別再講下去了……我不加奶精也不加糖了……」

宮成茜吐得臉色發白，一手摀住嘴巴。

「汪，原來客人您喜歡喝原味黑咖啡啊！那麼，小的這就離去……」

「等一下！」

當法國鬥牛犬正要掉頭離開，這回換宮成茜叫住對方。

「客人您還有什麼需要嗎？」

法國鬥牛犬歪著頭，水汪汪的眸子無辜地望著宮成茜。

「這杯黑咖啡的原料是……」

沉著臉，小心翼翼地詢問，宮成茜已經做好隨時倒掉這杯咖啡準備。

「哦，那個啊……」

想了一下，頭歪得更斜、有賣萌嫌疑的外送店員最後答：

「是阿拉比卡的特選咖啡豆啦！」

一陣冷風吹過，吹得宮成茜傻在原地，什麼話都說不出來。

為什麼奶精跟糖包都是怪東西，只有咖啡是正常到不行的產物啊！

頓時覺得全身無力，她愣在原處目送可愛的外送人員離去，這也是為何她會選擇喝下這口黑咖啡的原因了。

「振作振作，要在天亮之前把進度完成……」

又喝了第二口黑咖啡，就算再難下嚥，只要能提神就好。

牆上的時鐘鐘擺不斷規律地搖晃，隨著時間推移，也敲了幾次的整點鐘聲。

「呼……呼呼……」

不知何時，本來挑著夜燈趕稿的身影，也不敵睡魔的摧殘，趴在桌上睡著了。

此時，有另一道身影從門後探出頭，先是查看房內的狀況，再悄然無聲地走進門內。

對方脫下身上的外套，一件天鵝絨質感的高級西裝外套，輕輕地、溫柔地披在宮成茜纖細的肩膀上。

像是深怕吵醒睡美人般，對方靜靜地坐到一旁，從宮成茜的桌上小心地拿起草稿，放在自己大腿上似乎打算翻閱。

在翻閱之前，對方就這麼端看起宮成茜熟睡的容顏。

到底是過了多久？

自己已經多久沒像這樣，靜靜地坐在一個人面前，好好地看著對方的模樣？久遠得……就連自己都想不起來。

能想起來的，都是那些繁雜的政務，以及與別西卜鬥爭的種種。被路西法大人指派擔當宮成茜的責任編輯，算是他近期之內，比較有趣的一件事吧？

或許，就某種層面上而言，他阿斯莫德該感謝將宮成茜打入地獄的杞靈。

像這樣，有那麼一個值得自己注目的女人……是許久許久之前，名叫莎拉的女子。

阿斯莫德還記得，莎拉居住在一個叫米底亞的地方，礙於人類與惡魔之間無法真正結合，他始終沒有真正與莎拉表態過，也一直維持著一定的距離。

莎拉跟宮成茜有些相似。

不是外表上的，就外表上來說，莎拉絕對比宮成茜美麗清秀太多……好吧，他知道這段話若讓宮成茜知道，大概又有幾天收不到稿子了。

阿斯莫德希望，宮成茜不會像當初莎拉的處境般……那時的自己，只能看著莎拉嫁給他人，看著她前前後後結了七次婚。

不會的，這一次，他不會再讓這樣的事情發生。

「這一次，作為妳的責編……我會好好守護妳。」

阿斯莫德壓低嗓音，對著熟睡的宮成茜如此立誓。他走向前，輕輕地彎下腰來，在宮成茜頭頂上印下輕輕的一吻。

「好好休息吧，擁有惡魔擔保的女人。」

話音落下，阿斯莫德帶走宮成茜的草稿，離開了這間燈光昏暗的客房。

當門扉掩上，關門之人不著痕跡地離開後……宮成茜張開雙眼，眼簾低垂，複雜的情感在她眼眶裡流轉。

第八章

地獄第五層與鋼鐵之城

Tuning Demon Project

「茜，我替妳準備的早餐吃得還習慣嗎？」

一大早就將早餐準備好、裝在保冷箱中背著的月森，溫柔地詢問。

「月森哥，你什麼都幫我準備好了，我完全不用擔心吃不吃得習慣的問題了啊。」宮成茜看了一下保冷箱裡的東西，拍了拍對方的肩膀道。

「又不是出外踏青野餐，真搞不懂你帶這麼多食物幹嘛。我說月森，別把宮成茜那女人寵壞了啊！」

姚崇淵伸了個懶腰，沒好氣地瞪了月森一眼。

「寵壞？這樣最好，這麼一來茜只能依賴我了。」

月森毫不猶豫地回答，似乎一點也不在意自己講出了多麼令人害臊的話。

「有病……你真是有病！宮成茜才不會喜歡你這種思想扭曲的人！」姚崇淵挺起胸膛，拍了拍胸口、大聲地說：「至少要挑像我這種堂堂男子漢！正港的天師繼承人！」

「說這句話的時候，請回想一下你當初躲在外圍偷偷找尋天體營的行為。」

「月森你哪壺不開提哪壺！」

姚崇淵氣得當場臉色漲紅，憤而跺腳。

「真是無聊的爭寵……真不知你們怎麼想的，早在我為成茜擋下別西卜的攻擊時，成茜的心便已屬於我。」

比預期還快康復的伊利斯，聳了聳肩膀，不以為然。為了行動方便，更是為了自尊，伊利斯早已恢復到常人體型。

「哼，不過是替宮成茜擋了一下，就這麼囂張了啊？也不想想早在他闖進我們的生活之前，宮成茜還不是我和月森在保護的。」

姚崇淵不滿地冷眼看向伊利斯。其實到現在他還是滿驚訝的，對於伊利斯的復原能力。這個討人厭的二級惡魔渾身燒焦的狀態，那可怕的光景仍充滿魄力地印在腦海裡，沒想到一轉眼，他已和平時的狀態沒兩樣……真不能小看巨人族，當初泰坦巨人會在戰爭中失利，實在很難想像。

「哪有你跟我，明明最初就只有我護著茜，直到現在，始終如一。」

月森馬上反駁。除了宮成茜以外，他不論對誰的表情也是始終如一——始終如一地冷冰。

「夠了，你們要這樣爭吵到什麼時候？到底要不要出發啊？」

真沒想到一個帶便當事件可以引發後續這麼多的爭執，宮成茜也算是小看這群男人們的心胸了……實在有狹窄。

「呵呵，這樣不是很好嗎？這局面可不常見……惡魔、人類天師與亡魂，齊聚一堂只為爭奪妳，不是很浪漫嗎？」

「阿斯莫德，如果你這麼閒，不如留下來整修你家大廳如何？」

宮成茜白了阿斯莫德一眼，雙手抱胸。

「唉呀，我發覺妳的稿子進度還沒補齊呢。」

「唔！你這狡詐的傢伙又給我提到稿子……」

馬上就被戳中死穴，宮成茜一手摀著胸口，狀似十分痛苦。

「妳寫出來的字數明顯不足啊，以防萬一，怕妳繼續拖稿下去，我還是勉為其難地跟在妳身邊督促寫稿好了。不然，我怎對得起將如此重責大任委託給我的路西法大人呢？」

阿斯莫德嘴角挑起一笑，比起無意義的爭寵，他更喜歡捉弄宮成茜。

看她驚慌失措的模樣，比什麼都還要來得愉快。

「你這個惡魔！」

「沒錯，我就當作是做為一個稱職惡魔的稱讚了。」

笑了笑，阿斯莫德對於宮成茜的怒意不為所動。

「可惡！你這個狡猾花哨的大叔！」

「咳、咳咳！大、大叔？喂喂，宮成茜，飯可以亂吃，話可不能亂講！玉樹臨風瀟灑萬分的本王阿斯莫德，怎會是什麼大叔！」

這回，顯然換成阿斯莫德被戳中死穴了，原先的從容崩解，取而代之是一陣慌張。

「就是大叔！品味也大叔！那個鬍子那個皺紋不是大叔是什麼？哈！」

宮成茜毫不客氣地指著阿斯莫德的臉，盛氣凌人地數落對方。

「宮成茜，別以為妳有三名後宮就能這樣對待責編！大叔什麼的妳給我吞回去，道歉！」

「大叔大叔大叔！」

「好啊，妳接下來這幾天晚上都別想睡了，我會全天候盯在妳身旁要妳趕稿！」

宮成茜的後宮（？）戰火方歇，阿斯莫德與宮成茜之間的戰端便開啟。一旁的三人難得默契十足同時搖搖頭，心裡都有一個剛達成的共識——

阿斯莫德必須死！

好不容易，責編大叔與火爆作者的戰爭結束，這一夥人便搭乘由阿斯莫德提供的黑頭車，前往地獄的第五層。

對宮成茜來說，老實說她不是很想坐上這臺車。

原因為何？

因為，她相信，有哪個女性會願意坐進身形龐然、好比一臺車大小的黑色鯰魚體內！

當看到阿斯莫德這臺「專屬房車」時，她眼珠子沒掉出來已經是僥倖了。滑溜溜的黑色鯰魚，搖擺著肥滋滋的尾巴，前頭的兩條觸鬚還不停抽動……看了就覺得胃有些翻騰。

地獄裡，真是無奇不有！

為了要坐進這臺「車」體內，宮成茜真是把自己的胃折磨到最高峰，她從沒想過自己竟要從一隻鯰魚的口中走入！

天啊，只要一想到鯰魚張開充滿口水黏液、微帶惡臭的嘴巴時……不行，她再回想下去絕對會吐！

好在，走進鯰魚體內後，那股鹹鹹的潮濕臭味就消散很多，不過眼前又有新的事物得讓宮成茜鼓起勇氣面對。

「那個……是座椅？」

指著前方那一團紅潤的肉塊……沒錯，正是一團團肉塊，滑溜又有彈性，有時還會稍稍晃動一下的肉塊。在這條鯰魚體內，有四團肉塊呈現近似椅子的形狀，好像在等候客人的光臨。

「當然，坐上去後會很舒適哦。」

阿斯莫德笑了笑，率先走向其中一團肉塊，毫不猶豫地坐下。

整團粉紅色的肉塊，就這麼包覆住阿斯莫德的背與下半身……看在宮成茜眼中是多麼獵奇的畫面！

「我、我可不可以從頭站到尾就好？我選擇站位！」

看到阿斯莫德的「示範」後，她完全不想坐在那東西上。想不到伊利斯竟牽起她的手，霸道地拉著她往還在微微晃動的「椅子」前進。

「成茜，妳別把人世間的價值觀套用在地獄裡。來，車子要發動了，還是坐著比較安全。」

「等、等等！我不要——」

還沒來得及抗拒，她就被伊利斯按下肩膀，整個人坐進肉色的椅子中。

屁股與椅面接觸的瞬間，宮成茜倒抽一口氣，這種極富彈性的感覺是怎麼回事？這種暖暖的溫度又是怎麼回事？

雖然非常在視覺上實在有點噁心……但坐下後，真的比宮成茜預期得還要好坐舒適。

「這感覺好奇妙……暖暖又軟軟，身體好像快陷進去……」

如果不要去想這是位於鯰魚體內的肉塊，更不要去看它那粉嫩嫩的肉色外表，好吧，宮成茜認真覺得這張椅子特別好坐，非常適合放鬆。

「當然會覺得溫暖，因為這是鯰魚的臟器之一嘛。」

與宮成茜一樣，第一次見識到這種地獄黑頭車，姚崇淵的驚訝度絕對不亞於對方。不過，畢竟是男孩子，對於眼前這如此獵奇的景像，他似乎比宮成茜還要理智。

聽到姚崇淵這麼說，宮成茜馬上從躺在椅子上的狀態坐起身。

「姚崇淵，有些話不要說出來對你我都好！」

隨後這臺被阿斯莫德稱為「鯰魚號」的車子發動，一路往地獄的第五層前去。

阿斯莫德表示，從他家到第五層的入口處不算太遠，這趟鯰魚號乘車體驗也比預期的還快結束。

只是一下車，宮成茜便為眼前的景色所困惑。

「入口處……怎會是一座沼澤？」

「這是斯提克斯沼澤。」

阿斯莫德望向前方這座泥濘且死寂的沼澤。

「斯提克斯沼澤……啊，是將罪人們浸泡在水中的那座沼澤吧！」

宮成茜馬上想起當初在《神曲》上所見的敘述。她看著前方，水面比墨還要黑，若是順著水流的崎嶇岸邊看下去，便會見到這條駭人的小溪盡頭處、險惡的灰色懸崖之下，有一個寬闊的黑色沼澤湖區與一條大河。

若她沒記錯，這便是即將進入地獄第五層的象徵，而那條河即是著名的冥河。

空氣中不斷傳來痛苦又憤怒的叫喊，許多滿身汙泥的靈魂泡在沼澤中，不管男女都赤裸著身子，彼此激烈地扭打、撕咬，身上皆是皮開肉綻，鮮血淋漓，看來十分懾人。

「茜，別在意眼前的這群受刑者，他們都是被憤怒控制的靈魂。生前大都是地下錢莊討債者、愛惹事生非的黑道分子等等。」

月森站到宮成茜的身邊，低聲說明，「妳看水底下也有許多靈魂，那些水面上的泡泡，就是他們發出的嘆息。」

照著他所說的看去，果真有相當多靈魂沉在汙泥之中。

其中一名罪人剛好與宮成茜對上視線，從泥中竄出，用吃力的嗓音訴苦般地說：「真是意外啊，居然有活人來到地獄……唉，想當年老子在人世時，叱咤風雲，人稱東南天之霸。年輕到老都是血氣方剛，心中總是藏著一股怒氣，所以現在才會躺在這黑色的臭水溝中……想想我人世的肉體，最後也是被做成消波磚放到海邊第一排……所以說，浪子回頭不是真的金盆洗手，老子當年回頭不是報恩，就是爆頭……」

說完，這位生前疑似是黑道角頭的靈魂又沒入泥沼之中。

「那傢伙亂七八糟地在說些什麼啊？」

不止對方說得很吃力，宮成茜也聽得很吃力，鬼才聽得懂那傢伙的胡言亂語。

「別理他就好，地獄裡很多怪人妳又不是不知道。」姚崇淵雙手交叉枕在自己腦後，不以為意道：「走吧，別浪費時間了。」

宮成茜聳了聳肩，跟著大夥一起離開了沼澤。

順著河岸往下走，她看到了一座城樓。尖塔高處擎著兩支鋒火，似乎是某種信號。她望向另一端，看到另一座高塔同樣燃起烽火，像是在回應一樣。

她納悶地問：「有人知道那些烽火的信號是什麼意思嗎？」

阿斯莫德立刻回答：「在這種烏煙瘴氣的地方，霧氣也很重，等妳看到『他』

後就會知道答案了。」

「他？誰啊？這種鬼地方除了受罪的靈魂之外還有其他人？」

有些意外地眨了眨眼，宮成茜不解地歪著頭。沒多久，她就聽到遠方傳來水波流動的聲響，像是有人在划水。順著聲源方向一看，便見到一個人操著獨木舟疾駛來——快得就像這傢伙在開快艇一樣！

宮成茜訝異地盯著那道身影，沒想到用木槳划船居然能速度快到這種程度？那傢伙的手是電動馬達嗎？

她還沉浸在驚訝的情緒中時，那人就對宮成茜吼叫：「喂，妳終於來啦？妳這惡靈！」

「夫雷加斯，你別白費力氣亂吼了，她不是惡靈，是路西法大人欽點的作家。」說完，阿斯莫德又回頭小聲對宮成茜說：「在那傢伙面前別提到阿波羅這個名字。他的女兒當初被阿波羅姦汙，他便跑去怒燒阿波羅神廟，後來被神射殺，死後就一直在這裡操舟當職業船夫了。」

「什麼？想不到阿波羅這麼糟糕……不過這個叫夫雷加斯的人也真是可憐。」

宮成茜嘆一口氣，她會將阿斯莫德說的話牢記在心。

反觀夫雷加斯聽到阿斯莫德這麼說，有些訝異，卻又帶點懷疑，微微瞇起眼睛打量宮成茜。

「哼，我看這女人長得跟之前說要送來這裡的某個河東獅很像啊……算了，既然是路西法大人欽點的作家，又有阿斯莫德大人您做擔保，那若有需要渡河就請上船吧。」

「感謝你的理解，事後我會多派人送一隻阿波羅的人型沙包到你家。」阿斯莫德笑笑地道。

宮成茜在一旁聽了覺得很傻眼，說好不提阿波羅的人不就是阿斯莫德嗎？還有人型沙包又是哪一招？

「我知道了。上次那個沙包很不耐操，我幾拳就把那臭小子的臉打爛了，這次你送的品質要管控一下啊！」

夫雷加斯的這段話，讓宮成茜再次確定這傢伙心裡有多麼憎恨阿波羅了。

大夥陸續上船後，夫雷加斯就將那老舊的船頭掉了方向，划動木槳以極快的速度往前移動，也比以往他載著他人時吃水更深。

一夥人搭乘夫雷加斯的船，在斯提克斯沼澤上航行時，突然從水面底竄一道滿身汙泥的靈魂。

「宮……成……茜……妳是……宮成茜吧……」

「你、你是誰！為、為什麼會知道我的名字？」

宮成茜完全沒想過，這座沼澤裡竟有人能叫出她的名字！

「妳果然忘了我……只要我整理一下，妳應該認得我才對……」

對方慢慢浮現全身的樣貌，是一名渾身沾滿淤泥的女性，當她撥開臉前散亂的長髮後，宮成茜這才想起此人為誰。

天啊，她是宮成茜國中時期的數學老師！

「沒錯，我的確想起妳了！妳這受詛咒的幽靈，就好好在這種地方反省吧！」

宮成茜想起在國中的時候，這名數學老師是如何瞧不起成績不好的自己，當眾羞辱是常態，各種體罰她都嘗過。

一想起過去的悲慘，她越想越生氣，伸出兩手抓住船舷，氣到微微肩膀顫抖。

「唉……的確如此……生前的我太容易動怒，處罰學生的方式過當，又對學生有明顯的喜惡之分，所以死後才會在這種地方受罪……」

鬼魂難過地垂下頭來，嘆氣連連，最後她又沉入沼澤之下，沒有再浮出水面。

「茜，過去的事就別再想了。這人生前是個傲慢的人，但來到這裡受刑後，久而久之也對過去的行為有所後悔了吧。」月森輕輕攬住宮成茜的肩膀，安撫道。

「世上仍有許多自以為偉大的人將會到這裡來，不乏許多你們人世裡的知名政治家與企業家，只是他們來到這裡後都會像豬一樣躺在汙泥裡。」阿斯莫德雙手扠腰，迎著冷風說道。

「是嗎……真希望現在的人世每個人都能知道，地獄是真實的這件事。」

這麼一來，世界才會美好一點。

宮成茜不禁這樣想。

在夫雷加斯的掌舵下，船速再次快了起來，直通對岸。隨著搭乘的船隻越來越接近沼澤另一端，一座彷彿被大火燒得通紅的城池映入眼簾。

阿斯莫德看出了宮成茜眼中的吃驚，率先開口：「我們逐漸接近的是狄思城，待會上岸，必須通過這座城才能往地獄第六層前進。」

「咦？所以我們早就抵達地獄第五層了？」

宮成茜訝異地抬頭問阿斯莫德。

「沒錯，應該說整個地獄的第五層，就是由斯提克沼澤與狄思城組成。」

阿斯莫德點了點頭。

「原來是這麼一回事啊……」直到現在才明白，宮成茜愣愣地感嘆道。

「這座狄思城，住著一群罪孽深重的居民，從這裡開始，是屬於下層的地獄了。」久未出聲的伊利斯，向初次來到地獄的宮成茜補充道。

「有住人？可是這座城為什麼紅得好像剛從火裡燒出來似的？」

「這是因為，在地獄的下層深處有一股永恆燃燒的地獄業火，火光映得此城通紅。」

伊利斯很快地做出回答。

當眾人乘坐的船靠近岸邊，距離狄思城更近後，夫雷加斯再將船掉頭轉入護城河內。

整座狄思城都是由鐵製成，給人過於剛硬且森冷的強烈印象。

船繞了一大圈後，夫雷加斯這才停下船隻，扯開嗓子大喊：「下船吧！這裡就是狄思城的入口了。」

話音剛落，灰濛濛的天空忽然降下數道身影，是一個個擁有黑色羽翼的天使。宮成茜的直覺告訴自己，那些人正是所謂的墮天使。

和伊利斯一樣，都曾經是服侍神的僕人，因為各種原因被打入地獄。

「恭迎阿斯莫德大人，您遠道而來，真是辛苦了。」

其中一名墮天使站了出來，恭敬地行了個禮，隨後將目光投向阿斯莫德身旁的宮城茜。

「您身旁這位，就是路西法大人欽點來寫地獄遊記輕小說的那位作家吧？」

「沒錯，想不到消息挺靈通的嘛。既然知道我們要來，該準備的都弄好了嗎？」

阿斯莫德先上岸，接著回身牽起宮成茜的手，將她安穩地帶上岸。

「是的，請您放心，我們這就是要迎接大人到城裡最好的飯店下榻。當然，與您隨行的同伴也可一道入住。」有著一頭深綠色短髮、笑臉迎人的男性墮天使，一手覆在胸前道。

「還真是託阿斯莫德的福哦。」

跟在後頭一起下船的姚崇淵小聲咕噥，語氣裡有著明顯的酸意。

「姚崇淵，這種時候就別說多餘的話了。」

月森跟在後頭，低聲告誡著對方。

「是——反正阿斯莫德現在是我們唯一的靠山，不能得罪他。」

姚崇淵聳了聳肩。

宮成茜倒是不想加入那兩人的對談。畢竟在這人生地不熟之處，若有阿斯莫德的熟人願意幫忙與照顧，那再好也不過。

「各位貴賓，請隨我來。」

看著這名熱情的墮天使，宮成茜忍不住小聲問了一下身旁的伊利斯：「喂，伊利斯，你知道那傢伙的來歷嗎？」

「妳怎麼覺得我會知道？」伊利斯反問。

宮成茜毫不猶豫便答：「因為你們不都是墮天使嗎？我想都是墮天使，應該會認識吧？」

「果真是這麼簡單的理由啊……不過恐怕要讓妳失望了，我雖然知道對方叫什麼名字與目前的身分，卻不是那麼了解他。」

伊利斯搖了搖頭，一手覆蓋在自己的額頭上。

「那他叫什麼名字？又是什麼身分啊？」

反正她也沒打算多深入了解。

「那個綠色頭髮的墮天使，名叫艾爾，是狄思城的總管，後頭那些原先都是下級天使，墮落後便一直跟隨著他。」

「總管啊……所以那個叫艾爾的傢伙，以前算是個位階頗高的天使囉？」

眨了眨眼，眼珠子隨著思慮轉動一下，宮成茜納悶地問。

「可以這麼說吧，不過當時在天堂裡的位階可能跟我差不多。」

「但直覺告訴我，我不會喜歡那個叫艾爾的墮天使。」

說不上為什麼，單純只是一種直覺。宮成茜的直覺向來都不會看錯，不知道這次是否也一樣準確。

「我也不喜歡那傢伙，那種畢恭畢敬又總是笑臉迎人的男人，看了就討厭。」

姚崇淵聽到宮成茜的發言後，也跟著加入回應的行列。

「你就不能好好心領對方的好意與接待嗎？」月森眉頭微蹙，針對姚崇淵說道。

儘管自己與姚崇淵好像都不怎麼喜歡艾爾，不過看在對方提供住宿的這點上，宮成茜就沒再多做評論。

跟著艾爾走了一會，慢步走進這座宛若被燒紅的狄思城，鋼鐵的建築結構顯得格外冷酷無情，若是可以，她一點也不想在這裡久留，但看樣子好像得待上一兩天吧？

不曉得阿斯莫德做何打算？

難道無法快速通過這裡，直接往下一層前進嗎？

這個問題，暫且擱在宮成茜的心底，等待適當的時機到來。

在艾爾的引領下，一路上城內居民紛紛用異樣的眼光投向他們，這裡的居民看起來個個面惡難看，雖然宮成茜不知道他們的心是否一樣醜陋……好吧，會在下層地獄的人，品行應該不會好到哪裡去。

對她來說，光看這些人的外表就會使自己有些害怕、不願接近。

地獄裡，也不是每個惡魔或鬼魂都像自己身邊的這群人一樣俊美好看哪……自己真是破天荒地幸運了，看看月森等人，每一個不論外表身材，都是模特兒等級啊！

狄思城內，除了居民們長得如豺狼虎豹般面目可憎外，宮成茜在他們身上還注意到一件事——每個人的腳上都銬著一對鐵鍊，跟著拖行。

城裡緩慢走動的居民們，步履蹣跚，腳踝被鐵鍊長期磨擦破皮，留下一片猙獰的疤。

「果然這裡的居民，罪刑更重吧……」

「茜，沒有必要的話，盡可能別跟這裡的居民扯上關係比較好。」月森低聲告誡。

「我知道，每個人看起來都凶神惡煞的，沒事我才不想跟他們有任何交集來往。」

真想補一句「我又不是笨蛋」，只是宮成茜最後還是把這句話吞了下去，畢竟月森哥也只是好意提醒。

最後艾爾領著眾人來到一棟同樣鐵灰色的建築前，上頭以醒目的招牌寫著「狄思耐民宿」幾個大字。

起初只有見到這棟建築時，宮成茜覺得還沒那麼想吐槽，一抬頭看到那大幅的廣告招牌後，她實在無法壓抑自己的吐槽魂了。

「狄思耐民宿？根本就是狄思民宿，加什麼耐字啊！小心米老鼠來告你哦！還有，這間根本不是民宿而是鋼鐵監獄吧！」

「妳在亂七八糟吐槽什麼啊？」

姚崇淵板起死魚般的眼神冷眼看她。

「再不走快點，最前頭的艾爾和阿斯莫德身影都快看不見了喔。」

他一邊催促著，一邊加快步伐。

「實在很不想住進這種和監獄沒兩樣的地方啊……」

低聲嘮叨著，宮成茜嘟起嘴來，對眼前這棟狄思耐民宿相當不滿。

「千萬不要進去那個地方……」

「嚇！」

身旁突然冒出一道人影，還用陰森的聲調近距離地說話，宮成茜著實吃了一驚，立刻反射性地向後一退。

「是是是誰！別這樣嚇人好嗎！」

回頭一看，是一名衣著破爛的年邁女子，枯瘦慘白的雙腳上同樣銬著鐵鍊，赤腳出現在宮成茜的面前。

「千萬……不要進去那個地方……千萬不要……」

年老女子用低啞滄桑的嗓音，反覆呢喃。

宮成茜眉頭一皺便問：「什麼地方？為什麼不能進去？」

「不要進去……千萬不要……」

對方還是說著一樣的話，只是這回瘦骨如柴的手舉了起來，顫抖著指向宮成茜眼前那座狄思耐民宿。

「狄思耐民宿？那地方是怎樣，沒有足夠的錢出不來嗎？放心啦，我們是被招待的貴賓，不用給錢。」

宮成茜拍了拍自己的胸脯，信心滿滿地回應。

「千萬不……」

老婦人的話還沒說完，後頭就有一名監督受刑靈魂的男子，往她背部打了下去。

「別淨說蠢話！快離開這裡，妳這骯髒汙穢的惡靈！別玷汙咱們艾爾大人的貴客！」

穿著一件螢光黃的制服背心，上頭明明白白寫著「狄思監督工」的低階惡魔，毫不客氣地大吼。

老邁女子被這麼一吼，倖倖然地跛著腳，拖行腳上的鐵鍊離去。離去時，枯瘦的身影還頻頻轉過頭，陰冷又帶著憂傷的眼神不斷看向民宿……

明知這裡的居民都是受刑人，生前大概做了罪大惡極之事……然而，看到一名長者被如此暴力對待，宮成茜的胸口還是難免有些不忍。

「喂，宮成茜，我說的話妳是沒聽進去腦袋裡嗎，還不快跟上來？而且不是說了別跟這裡的居民來往，妳剛才可是做了打臉自己的事耶！」

姚崇淵一把拉住宮成茜的手，硬是將她拉往民宿的方向。

「我知道啦！只是……」

只是，她真有點在意那名老婦人說的話。

宮成茜欲言又止，匆忙地跟著姚崇淵離開，踏進那間引爆她吐槽魂的民宿之中。

而心中，一直有著難以言喻的困惑與不踏實。

第九章

輕小說家的內心戲

Tuning Demon Project

「那麼，請阿斯莫德大人與各位貴賓好好休息。舟車勞頓，辛苦你們了。」

除了笑臉，還是笑臉，狄思城總管艾爾笑咪咪地鞠了一個躬，便關上門退下。

後來宮成茜才知道，其實狄思城再過去一點就是地獄第六層，而握有第六層入口通關證之人，便是方才笑著離去的艾爾。

因為如此，宮成茜也終於明白為何阿斯莫德要在此停留了。

「艾爾剛才跟我說，等他將公事處理一下，明天就能帶我們去通往地獄第六層的入口，為我們開通。」

阿斯莫德喝了一口桌上的熱咖啡，一如既往慵懶地對著宮成茜道。

「也就是說，這次我們將很順利地通過第五層跟抵達第六層了！」

姚崇淵雙手一拍，對於這個結果十分滿意。只要能盡速幫助宮成茜取回靈感，他也能夠將這件成果帶回人世的老家，向他的父親稟告。如此一來，離他繼承姚家天師、獲得父親認同的那一天又更近了一點。

「希望真的這麼順利就好了……」

拿起熱騰騰、冒著裊裊熱氣的咖啡杯，宮成茜啜了一小口，心中仍惦記著進入民宿前，那名老婦人所說的話。

就好像某種魔咒，深植在宮成茜的心底，揮之不去。

「別這麼悲觀嘛，妳看現在不是很好嗎？我們難得可以在地獄裡過上還算悠閒的時光，就好好把握一下吧！比如，趁這時候寫寫妳的稿子如何？」

「姚崇淵，你前半段的話很不錯，但誰准你在阿斯莫德面前提到稿子的事了！」

宮成茜馬上狠狠地瞪向姚崇淵，心想這毛都還沒長齊的小矮子，什麼不提提寫稿的事！

「姚崇淵，好感度立刻減五十個百分點。」

「月森你給我閉嘴！你這個保冷袋控沒資格這樣說我！還有這是什麼說法啊？你以為自己在玩攻略遊戲哦！」

姚崇淵似乎有點惱羞成怒了。

「好了，你們別再吵下去。不過這個人類天師說得沒錯，宮成茜，趁這段空檔，妳還是好好寫稿吧……別忘了，妳之前積欠的進度還差了一大截呢。」

阿斯莫德又喝了一口杯中的熱咖啡，隨後站起身。

「嗚……我知道啦！等等就去趕稿去！」

地獄魔鬼編輯，阿斯莫德真是貨真價實的地獄魔鬼編輯——宮成茜一臉哀怨地在心中如此抱怨著。

「大家若沒有其他事，就先離開這裡，回到艾爾為我們準備的房間去。現在，是宮成茜撰稿的時間了。」

打開房門，阿斯莫德做出送客的動作。

眾人一一離開宮成茜的房間，當阿斯莫德即將關上門扉、準備離開時，他嘴角彎起一抹好看的弧度，搭配上那張魔魅的俊臉，接下來脫口的話卻只讓宮成茜感到一陣惡寒。

「宮成茜，請好好趕稿，我這段時間就先去邂逅一下美麗的少女們……若在我回來時還沒寫完，請做好『以身謝罪』的心理準備。」

「什麼以身謝罪，你這個變態我才不會讓你得逞呢！」

宮成茜朝阿斯莫德吐了吐舌頭。

阿斯莫德什麼也沒說，僅僅回以一抹淺笑，便關上門而去。

人都走了，宮成茜振作起精神準備好好寫稿。她首先將這幾日的經歷記錄下來，作為素材。

她筆下的主人公和自己很相像，不過是一名年紀比起自己還要年輕的少女。女主人公被人怨恨，因此在一次意外中死去，進而墮入地獄，來到地獄後才發現原來事情並非如自己所想一樣……是一部充滿懸疑、謀略與愛恨糾結的故事。

寫著寫著，她想起自己從出版第一套小說開始到現在，也八年的時間了。

為何會成為小說家？

又為何如此堅持這條路？

思至此，她本在寫字的手也停了下來。

這兩個問題，在她過去輝煌時期常被人採訪問到，她每次的回答都是一樣，始終如一。

只是隨著撰寫商業性質的小說久了，原本的初衷總會多少被遺忘，而宮成茜就會像現在這樣，突然想起這件事，陷入回憶之中。

她為何會成為小說家原因很單純。任何一件事在剛開始時，都是再單純不過。起初，她只是受到父親的影響。

宮成茜的父親是個不成材的小說家，寫的是社會寫實小說，卻總懷才不遇。在現今出版業不景氣的環境下，他拿不到什麼稿費，更難以養家。家中的經濟大梁，一直是由母親打零工一肩扛下。

即使如此，宮成茜的父親從未放棄寫作，就算會被外人與母親不諒解，他還是日復一日地持筆撰寫。最後，母親再也受不了這樣的丈夫，便申請離婚，離開了宮成茜與更為孤寂的父親。

經濟貧困、父母離異，宮成茜的童年過得灰色慘澹，但父親總告訴她，必須時時懷著寫小說即是寫一個當代的縮影的概念創作。

宮成茜當時嗤之以鼻，正因為這種概念害慘了父親的書、害慘了母親，以及害慘了自己吧？

長大以後，她才終於了解父親的苦心與用意——這個社會是需要有人記錄的。時代會變，世界會變，生活用品與周遭一切都會在時間推移下，默默慢慢地變化。

父親所寫的時代景色，如今已和宮成茜所身處的環境截然不同，但正因為有父親的紀錄，用小說的方式保留下來更多元豐富面貌，她才得以了解父親以前所生長的世界。

理解了父親為何如此執著的原因，宮成茜聰明地選擇時下流行的輕小說作為創作體裁，當然也有她自己喜歡輕小說的緣故。繼承了父親的理念，宮成茜便常常在輕小說中描繪穿插一些社會的縮影。根據讀者的解析，這也是她的作品之所以暢銷的原因。

「爸爸……現在，我不只寫出了現代人世的社會面貌，也在記錄著地獄裡遇到的種種呢。」

宮成茜抬起頭來，心思彷彿飄到好遠、好遠的地方。

「您會以我為榮吧？」

嘴角微微挑起一笑後，宮成茜彷彿聽到隱約有道聲音，在跟她說「會的」。雖然不確定那是不是自己幻聽，或者真是父親顯靈，反正人在地獄裡什麼都有可能發生吧？

啊，當然，她比誰都希望自己不會在地獄裡見到死去的父親。

在房裡寫了一段時間的稿子，終於到了宮成茜也覺得疲累的時候。她扭了扭脖子，伸個懶腰，覺得是時候去洗個澡。

這間迪斯耐民宿一點也不如其名，既沒有米〇鼠，就連浴室也設計在外頭，採用的是共用設計。

也就是說，宮成茜若想洗澡，就得離開房間，帶著自己的換洗用品前往公用澡堂。

宮成茜也不是第一次遇到這種狀況，很快就將東西整理好，抱著臉盆前往公共澡堂。

「嗚哇！」

孰料，宮成茜一開房門就先嚇了一跳。

「茜，要去洗澡嗎？真巧我也是。」

月森似乎是倚靠著門板，直到門扉打開，他這才彈開，迅速地轉過身微微一笑。

「月森哥，你該不會從離開後就一直待在我房門前吧？如果真是這樣，我會討厭你哦！」

最近，宮成茜越來越覺得，月森對她的占有欲已經達到痴漢程度。

「怎麼會呢，茜，我是做那種事的人嗎？」

月森仍然板著冷酷冰山般的神情，手卻不停搓著腕上的保冷袋。

心虛了吧——宮成茜盯著月森的手看，這般認為。

「走吧，不是要一起去洗澡？」馬上轉移話題，月森催促道。

「我突然不想現在洗了。」

這種情況下跟著月森一起洗澡？

她可沒那麼笨，一點也不想讓當初兩人在浴室裡發生的事重演。

「什麼？」

月森顯然很受打擊，愣在原地呆看著宮成茜。

「我改變心意了，打算回房睡覺，寫稿寫累了。」

一個掉頭打算關上門，但關到一半的門板瞬間被阻止。

「那，我也跟著一起休息吧，茜。」月森一手擋住門扉，斬釘截鐵地道。

「哈啊？你有沒有搞錯啊月森哥！」

宮成茜傻眼，看來月森進展到痴漢的這個預感，是成真了！

「這間民宿給我的感覺不太好……我必須守在妳的身邊，茜。」

「可是，就算這樣也……」

沒想到月森突然拋出這麼認真的理由，她不禁有些動搖。其實，對於這間迪斯耐民宿，她也有種說不上來的詭譎感……可是，縱使如此，她也不能和月森孤男寡女共處一室吧？

況且，她清楚身為活人的自己，對鬼魂與惡魔都具有強大的吸引力……倘若月森又像之前那樣失控，她的清白不就毀了？

「必須守在宮成茜身邊？這種噁心的話只有你說得出來，想吃人家豆腐就直說嘛。」

另一道熟悉的聲音從後頭冒了出來，姚崇淵雙手一攤，走向宮成茜的房間，不以為然地吐槽。

「是你啊，毛還沒長齊的天師。走這個方向是要去洗澡嗎？希望澡堂裡沒有其他人，不然你一下水就變成兒童游泳池了。」

「兒、兒童游泳池？月森你這個變態面癱痴漢！」姚崇淵隨後丟下一句：「我是來看你這痴漢有沒有騷擾宮成茜，想不到還真是如此！」

「騷擾？姚崇淵，看在童言無忌上我可以原諒你。茜，至於妳要不要原諒他，就看妳了。」

依然維持著冰山般的表情，月森的每一句話都像冰劍般冷冽，直直地貫穿姚崇淵的心。

「姓月的……老子總有一天要把你那張冰山臉皮撕下！」

「夠了，我不想再聽你們兩人胡鬧下去，我要睡了。」

趁著月森分心時，宮成茜立刻關門，但馬上又被月森發覺，再次擋了下來。

「茜，真不考慮我說的話嗎？」

「我也有自保能力，月森哥。」宮成茜毫不猶豫地回答。

「哈，我就知道會吃閉門羹。」

姚崇淵聳了聳肩，對於這結果一點也不意外。

「姚崇淵，你難道不擔心茜的安危嗎？獨自一人住在一個房間內，而且還是在這種下層地獄裡的民宿內……」

「唔……我就算擔心又怎樣？你看，那女人不就把你擋在門外嗎？」

躊躇一會後，姚崇淵反問。

「那是因為茜還不懂事，難道你也想跟她一樣不懂事嗎？姚崇淵，現在正是你展現男人氣魄的時候。」

「等等，什麼男人的決心？月森哥你不要隨便起鬨動搖別人啦！」

有種很不妙的預感。

宮成茜有種這扇門大概很難關上的預感！

「男人的決心……」

動搖了，姚崇淵聽到「男人的氣魄」一說後顯然動搖了。

「是時候了，這時間不這麼做的話，何時還有機會？」

月森完全不聽宮成茜的阻止，難得如此激進地慫恿姚崇淵。

「我……我知道了！那就讓本大爺來展現一下男人的氣魄吧！絕對不能被你們小看！」

姚崇淵話音一落，便跟著上前一把撐住本來即將關上的門扉。

「等等！你們到底要做什麼啊！」

宮成茜自知這樣下去絕對關不了門，不禁有些驚慌。

想不到，平常這兩個水火不容的男人，竟在此時異口同聲回答：「讓我們來——陪睡吧。」

面對認真的兩人，宮成茜的腦袋一片空白，彷彿被十萬伏特的電擊中。

這兩人到底在說些什麼啊啊啊！

沒給宮成茜腦筋轉過來的餘地，月森和姚崇淵一把架起她、走進房內，月森則一手將房門關上。

「等、等等！我可沒同意你們這樣胡來！」

宮成茜終於回神過來時，不停在半空中拳打腳踢，但架住她的兩人完全不為所動。

「好好休息吧，茜，今晚就由我們守護妳。」

月森將宮成茜帶到床前，和姚崇淵有默契地將她放到柔軟的床鋪上。

「別想逃離我們的手掌心了，宮成茜。」

姚崇淵則一把壓住宮成茜的肩膀，讓她無法從床上爬起掙脫。

在這兩人輪番壓制下，宮成茜自覺就像任憑宰割的羔羊，躺在床上動彈不得，

月森和姚崇淵分別睡在她的兩側，畫面看起來就像她在左擁右抱。

兩人閉上眼，手都搭在她的腰上，很快就進入夢鄉……宮成茜也只能認了。

好吧，左擁冰山王子，右抱正太天師，也算是她來到地獄後才有的特殊待遇了。

尾聲

大天使降臨

Tuning Demon Project

狄思城內，是罪大惡極的靈魂所住之地，他們必須在此接受監督工的鞭打與指使，每天都要爬上狄思城的頂端，修補城牆。修補城牆的同時，這些靈魂必須忍受鋼鐵製成、被地獄永恆業火燒得通紅的牆面，被燙得渾身是傷、千瘡百孔。

在這裡的人，自知永無重見天日的一天，更別談救贖。

這天，老婦人拖著沉重的腳步從城牆上下來，綁在腳踝上的鐵鍊早已將她四周肌膚磨損嚴重，皮開肉綻後又結痂，結痂後又磨出新的傷口……周而復始的循環讓她已感覺不到此部位的疼痛。

心已死，什麼都無所謂了。

這陣子唯一讓她在意的是……昨天見到的那名女性，身上還有強烈的活人味道。但有一件事更令她納悶，為何那名女性及她同伴要入住那種地方？

那裡，根本不是人住的地方啊……

「喂，老太婆，把妳身上的錢交出來，大爺們要去買條香菸，沒錢可用了。」

不懷好意的聲音打斷老婦人思緒，轉身一看，一群如同豺狼虎豹般的惡霸正圍在她身邊。

「我身上沒錢……」

「少廢話！」

狠話一出，惡霸們簇擁上開始毆打老婦人，對她又是出拳又是拉扯，甚至還將她重重推倒在地上，只為在她單薄的口袋中找出幾毛錢。

老婦人忍住哀號，像這樣的事在狄思城內可說是家常便飯。

惡霸們看了看從她身上搜出的幾塊錢，朝她吐了一口口水，不客氣地道：「媽的，才這些錢？妳這老女人找死啊，還讓我們費這麼大的力氣！」

眼看惡霸又要舉起手來毆打之際，另一隻手抓住他的手腕。

「請住手。」

一道優雅堅定的男性嗓音從後頭傳來。

「哈啊？你以為自己是誰？敢擋老子——」

惡霸正要用力扯開手時，一道光芒閃過，當光芒散去，惡霸已倒臥在地。

「發、發生什麼事了？剛剛到底怎麼回事！」

其他跟著頭頭做事的惡少，紛紛訝異地驚呼。

「別管這麼多了！大家一起上！」

另一名惡少衝了出去，他的同夥也跟著一起圍毆目標。

「唰唰。」

又是一道光芒，金色卻不過分刺眼的光芒閃爍過後，所有的惡少都倒在地上、口吐白沫暈了過去。

「妳沒事吧？」

拍了拍身上的白色長大衣，走向被惡霸推倒在地的老婦人，有著一頭金色長髮的男人伸出手，溫柔地問道。

「我、我沒事……」

老婦人愣愣搭上對方的手，緩緩地站起身。

「對了，老太太，請問妳見過這個人嗎？」

金髮男子從大衣口袋中取出一張紙，上頭有著某個人的肖像畫。

「這位是……有、有的，那個人剛好這幾天到狄思城，現在正住在那棟寫著狄思耐民宿的地方。」

老婦人仍驚魂未定，說起話來還有些緊張。

「太好了！真是幸運，這麼快就找到那個人了……這真是天父的恩澤。」

金髮男子微微一笑，笑容迷人得足以讓狄思城城牆都為之傾倒。

「那個……請問你是……至少請讓我知道恩人的名字……」

「哦，我的名字嗎？」

金髮男子背對著老婦，頭則側轉過來，朝她綻放一抹露出雪白牙齒的笑，一對碩大潔白的羽翼在逆光之下緩緩張開。

「我是——米迦勒，願天父與妳同在。」

——《惡魔調教 Project 02》完

高寶書版集團
gobooks.com.tw

輕世代 FW222
惡魔調教Project02

作　　者　帝　柳
繪　　者　愁　音
編　　輯　林紓平
校　　對　林思妤
美術編輯　邱筱婷
排　　版　彭立瑋
企　　畫　陳煒翰

發 行 人　朱凱蕾
出　　版　英屬維京群島商高寶國際有限公司臺灣分公司
　　　　　Global Group Holdings, Ltd.
地　　址　臺北市內湖區洲子街88號3樓
網　　址　www.gobooks.com.tw
電　　話　(02) 27992788
電　　郵　readers@gobooks.com.tw（讀者服務部）
　　　　　pr@gobooks.com.tw（公關諮詢部）
傳　　真　出版部　(02) 27990909　行銷部 (02) 27993088
郵政劃撥　19394552
戶　　名　英屬維京群島商高寶國際有限公司臺灣分公司
發　　行　希代多媒體書版股份有限公司/Printed in Taiwan
初版日期　2017年2月
二刷日期　2017年4月

國家圖書館出版品預行編目(CIP)資料

惡魔調教Project / 帝柳著.-- 初版. -- 臺北市：
高寶國際, 2017.02-
　冊；　公分. --

ISBN 978-986-361-360-2(第2冊：平裝)

857.7　　　　105011835

◎凡本著作任何圖片、文字及其他內容，未經本公司同意授權者，均不得擅自重製、仿製或以其他方法加以侵害，如一經查獲，必定追究到底，絕不寬貸。
◎版權所有　翻印必究◎

三日月書版

三日月書版

GOBOOKS
& SITAK
GROUP©

GOBOOKS
& SITAK
GROUP©